卷四

韻目

[一] 明州本、毛鈔、錢鈔「修」字作「脩」。龐鴻文校、錢恂校同。姚校：「宋本『修』作『脩』。」

[二] 明州本、錢鈔「庚」字作「庚」。余校、龐校、錢校同。姚校：「宋本『庚』作『庚』，是。」

十二庚

[一] 明州本、毛鈔、錢鈔「庚」字作「庚」。龐校、錢校同。姚校：「宋本作『庚』，是。余校同。後凡从『庚』之字並然。」

[二] 明州本、潭州本、金州本、毛鈔、錢鈔注「曰」字作「日」。衛校、陸校、龐校、錢校同。丁校改「日」云：「據《左傳》『天有十日』注『甲至癸』改。」方校：「案：『日』譌『曰』，據宋本正。」姚校：「注『曰』作『日』，是。影宋、韓校皆同。」

[三] 明州本、毛鈔、錢鈔「賡」字作「賡」。段校、陳校、龐校、錢校同。方校：「案：『賡』譌『賡』，據宋本及《說文》正。『賡』本古『續』字，大徐云：『今俗音古行切。』」姚校：「宋本作『賡』，是。影宋、韓校皆同。」

[四] 明州本、毛鈔、錢鈔「秔」字作「秔」。莫校：「凡『亢』作『元』，下同，不一一改。」

[五] 明州本、毛鈔、錢鈔「鶊」字作「鶊」，「鶊」字作「鶊」。龐校、錢校同。

[六] 明州本、潭州本、金州本、毛鈔、錢鈔「亢」字作「元」。錢校：「『亢』並作『元』。」

[七] 方校：「案：『倉』譌『桑』，據《類篇》正。」按：《莊子·庚桑楚》：「老聃之役有庚桑楚者，偏得老聃之道。」釋文：「司馬云：楚，名。庚桑，姓也。《太史公書》作『亢桑』。」似不必據《類篇》改「桑」爲「倉」。

[八] 丁校：「下文『硠』字另見，此『从石』二字衍。」方校同。

[九] 明州本、潭州本、金州本、錢鈔「脝」字作「脝」，注同。毛鈔作「脝」。龐校、錢校同。丁校據《昌黎集》改「脝」。方校：「案：『脝』字，正文譌『脝』，注文譌『脝』，據宋本正。」姚校：「宋本作『脝』，是。余校、韓校皆同。」

[一〇] 方校：「案：胖，批江切，腫也。《玉篇》作『胖』，誤。後『彭紐』『膨』注亦可證。」

[一一] 方校：「案：『衡』譌『衡』，『奧』譌『奥』，據《說文》正。『著』字、『也』字二徐本竝無。」

[一二] 明州本、錢鈔注「鶩」字作「離」。龐校、錢校同。姚校：「宋本『鶩』作『離』。」按：潭州本、金州本、毛鈔作「鶩」，本韻居行切「鶊」字注亦作「鶩」。

[一三] 姚校：「段云：『橫宜作璜。』」陸校同。

[一四] 方校：「案：『揘』、『抋』竝譌从木，據《類篇》及《文選·張衡〈西京賦〉》注正。」按：明州本、錢鈔注「楻」字正作「揘」，注同。注「柲」字作「必」。龐校、錢校同。姚校：「宋本『楻』作『揘』。余校、韓校皆同。注『柲』作『必』。」

[一五] 陳校：「《廣韻》作『鬚』。」方校：「案：《玉篇》有『鬚』字，注與此同，《帛部》無『髕』字。《類篇》則有『髕』無『鬚』。」

[一六] 明州本、錢鈔「忛」字作「忉」。余校作「忉」。陳校作「忪」。下接「程」、「䬆」、「瀎」、「髕」、「䜌」、「鐄」諸字。錢校同。方校：「案：宋本次第『忛』、『程』、『䬆』、『瀎』、『髕』、『䜌』、『韹』、『鐄』，與此異。」姚校：「『程』、『䬆』，宋本此二文在『忛』下，此下接『瀎』、『髕』、『䜌』、『韹』四文，『鐄』在『韹』下，居紐末。韓校同。影宋此二文在『忛』下『鐄』上。」

[一七] 毛鈔注「鍾」字作「鐘」。韓校、陳校同。姚校：「宋本『鍾』作『鐘』，是。」

[一八] 方校：「案：下『大』字，《類篇》同。《韻會》作『又』。」

[一九] 陳校：「『程』，《廣韻》作『禋』，祊禋，祭名。从示。」

[二〇] 方校：「案：今《廣雅·釋詁三》誤奪『㺐』字，『䏜』下曹憲云音呼麥，正『㺐』字之音，《廣韻》可證。『䏜』止有呼弘、呼

宏、虎横三音也。王本據此及《玉篇》補正。」

［二一］丁校：「《國語》『一』作『壺』。蓋古文『壹』作『壼』，與『壺』相似，此因『壺』譌『壼』，因『壼』譌『壹』耳。《漢書·薛宣傳》『壹关相樂』，應劭以爲壺矢也。」龐校：「宋本《真韻》亦作『侊飲不及一餐』。」方校：「案：《類篇》與此同。二徐及段校本『飲』皆作『飯』，今據正。『一餐』各本作『一食』。《篇》、《韻》引作『壺湌』，惠半農謂『壺湌』磨滅爲『一食』，是也。『湌』、『餐』古通用。《越語》作『觥飯不及壺飧』，『飧』係『飱』字之譌。」姚校：「余校『飲』作『飯』，『餐』作『食』。又云：『明道本《國語》食作飧，侊作觥。』」

［二二］方校：「案：『罔』譌『同』，據《廣韻》、《類篇》正。宋本『也』作『之』，亦誤。」按：明州本、毛鈔、錢鈔注『同』字正作『罔』。衛校、陳校、陸校、龐校、錢校同。丁校據《廣韻》改『同』爲『罔』。姚校：「宋本『同』作『罔』。影宋、韓校皆同。」

［二三］明州本、毛鈔注「晡」字作「補」，錢鈔空白。段校、陸校、錢校同。方校：「案：宋本『晡』作『補』，此與《類篇》同。『徬徨』小徐本作『彷徨』，段氏校改『旁皇』。」姚校：「宋本『晡』作『補』。影宋、韓校皆同。」

［二四］明州本、錢鈔注「鬃」字作「祊」。錢校同。姚校：「注『鬃』字作『祊』。」

［二五］陳校：「《廣韻》又入《耕韻》北萌切。」

［二六］陳校：「『蔡』下當有一『謌』字。」方校：「案：《説文》『舞』上有『謌』字，段氏據此及《類篇》删。」按：大徐本無「謌」字。

［二七］方校：「案：『冡』譌『塚』，據《類篇》正。」

［二八］陳校：「『坹』、『浜』二字，《廣韻》入《耕韻》布耕切。」

［二九］方校：「案：正文『㤣』譌『忼』，據《類篇》正。」按：明州本、錢鈔「忼」字正作「㤣」。陳校、錢校同。姚校：「『忼』，宋本作『㤣』。」

［三〇］明州本、毛鈔、錢鈔注「鬻」字作「鬻」。龐校、錢校同。姚校：「宋本作『鬻』。」

［三一］明州本、毛鈔、錢鈔注「弦」字不缺筆。

［三二］明州本、錢鈔注「牡」字作「壯」，錢校同。誤。

［三三］姚校：「余云：『按：《地理志》東海郡無澎縣。』」按：《漢書·王子侯表上》「澎侯屈釐」。顔注：「澎音彭，東海縣也。」

［三四］方校：「案：『荵』譌『葱』，據《釋艸》及《類篇》正。」按：明州本、毛鈔、錢鈔注「葱」字作「荵」。段校、衛校、陳校、陸校、龐校、錢校同。姚校：「宋本『葱』作『荵』，是。影宋同。」

［三五］姚校：「段云：『昌宜作陽，見《隋志》。』」丁校：「『鄳』即上文『鄍』，兩《漢書》作『鄍』，屬江夏。《晉書》、《隋書》亦作『鄳』，屬義陽。此『昌』字係『陽』字之譌。」方校：「案：嚴氏謂『昌』當作『陽』，見《隋志》，宋本及《類篇》竝與此同，今仍之。」按：當从段校、丁校作「陽」。衛校亦作「陽」。

［三六］余校「距」作「歫」。方校：「案：『距』作『歫』，此與《類篇》竝从小徐。」

［三七］陳校：「『觥』當从光，見《博雅》，从先誤也。」方校：「案：『䚍』譌从先，據《類篇》正。」按：明州本、錢鈔「䚍」字作「觥」，注同。錢校：「从『青』之字皆同。」

［三八］明州本、錢鈔「跉」字作「跉」。錢校同。按：《玉篇·足部》：「趶，丑丁切，跉趶。」《廣韻》：「趶，《字書》：跉趶，行遅皃。」字竝作「跉」。作「跉」誤。

［三九］明州本、錢鈔注「衺」字作「衷」。錢校同。按：段注本《説文》删「衺」字。

［四〇］《類篇》「皃」字作「名」。按：諸書「湞」無訓水皃者，疑此「皃」字當作「名」。

［四一］明州本、錢鈔注「楔」字作「揳」，从手。龐校、錢校同。按：《禮記·玉藻》：「士介拂棖。」釋文：「棖，直衡反，楔也。謂兩傍木。」作「楔」是。

［四二］陳校：「當从『攴』。」方校：「案：『敳』譌从殳，據《廣雅·釋詁四》正。《類篇》作『毃』，訓撥，尤誤。」

［四三］按：《廣雅·釋器》：「揨，距也。」王氏疏證改「揨」爲「橕」，是也。見《唐韻》徒郎切「揨」字校語。

[四四]　姚校：「宋本『悯』作『㤉』，是。余校作『㤉』。」

[四五]　明州本、毛鈔、錢鈔注「趟」字作「趟」。段校、陸校、龐校、錢校同。方校：「案：宋本『趟』作『趟』。」姚校：「宋本『趟』作『趟』，是。影宋、韓校皆同。」按：本韻中庚切「趟」字注諸本皆作「趟趟」。

[四六]　明州本、毛鈔、錢鈔注「颷」字作「颷」。顧校、陸校、龐校、錢校同。方校：「案：『颷』譌『颷』，據宋本及《類篇》正。《類篇·風部》無『颷』字。」

[四七]　明州本、毛鈔、錢鈔「嬰」字作「嬰」，注同。陳校、龐校、錢校同。方校：「案：『嬰』譌『嬰』，據宋本及《説文》正。」姚校：「宋本『嬰』作『嬰』。韓校同。」

[四八]　明州本、毛鈔、錢鈔「韸」字作「韸」，注同。方校：「案：『韸』譌『韸』，據宋本及《説文》正。」姚校：「宋本『韸』作『韸』。韓校同」

[四九]　明州本、潭州本、金州本、毛鈔、錢鈔注「具」字作「吴」，又明州本、毛鈔、錢鈔注「作」字作「謂」，「禅」字作「榫」。段校、陳校、陸校、龐校、錢校同。方校：「案：『吴』譌『具』，『謂』譌『作』，『榫』譌『禅』，據宋本及《類篇》正。」姚校：「宋本『具』作『吴』，『作』作『謂』，是。影宋、余校、韓校皆同。又『禅』作『榫』，是。影宋同。余校作『椎』。韓校作『榫』。」

[五〇]　方校：「案：『作倿』譌『謂倿』。據《類篇》正。《説文》古體作『[illegible]』。」按：明州本、金州本、毛鈔、錢鈔注「謂」字正作「作」。陳校、陸校、龐校、錢校同。姚校：「宋本『謂』作『作』，是。影宋、余校皆同。覲元案：『倿』當作『倿』。『干』即『斤』，『収』即『廾』也。从『千』誤。」

[五一]　明州本、錢鈔注「亏」字作「干」。陳校、龐校、錢校同。方校：「案：『平』當作『平』，方合从八之義，《説文》篆作『兮』，古文作『㞢』。」姚校：「宋本『亏』作『干』。」

[五二]　方校：「案：『地平』譌『坪平』，據《説文》、《篇》、《韻》正。」按：明州本、錢鈔注「坪」字作「地」。龐校、錢校同。

[五三]　方校：「案：《廣雅·釋器下》『斯』字作『㪽』。」

[五四]　明州本、潭州本、金州本、毛鈔、錢鈔「鼬」字作「鼬」。陸校、龐校、錢校同。方校：「案：『鼬』當从宋本及《類篇》作

『鼬』。」姚校：「宋本作『鼬』。韓校同。段云：『宜作鼬。』」

[五五]　余校注「則」作「一」。丁校據《説文》「則」改「一」。方校、錢校同。

[五六]　方校：「案：《廣雅·釋鳥》『鵬』止作『明』。『鳳也』當作『鳳皇屬也』。」

[五七]　方校：「案：釋文：『冥，鄭讀爲鳴。』故有眉兵之音。」

[五八]　方校：「案：『㞢』譌『㞢』，據《説文》正。」

[五九]　明州本、毛鈔、錢鈔「甥」字作「甥」。按：《説文》「甥」字从田从力。當以明州本爲正。

[六〇]　明州本、潭州本、金州本、毛鈔、錢鈔注「犬」字作「大」。汪校、顧校、陳校、陸校、龐校、錢校同。方校：「案：『大兔』譌『犬兔』，據宋本及《類篇》正。」姚校：「宋本『犬』作『大』，是。韓校同。呂云：『犬宜作大。』」按：顧氏重修本已改「兔」。

[六一]　明州本「鎗」字作「鎗」。龐校：「『鎗』並从『鎗』。」

[六二]　陳校：「『耕』作『庚』，是。」

[六三]　錢校「釜」作「釜」。

[六四]　陳校「沧」作「沧」。注同。

[六五]　顧校「犕」字作「犕」，注同。

[六六]　明州本、錢鈔注「鬇」字作「鬇」。錢校同。誤。潭州本、金州本、毛鈔作「鬇」。《玉篇·髟部》：「鬇，鬇鬡，髮亂。」

[六七]　潭州本注「大」字作「夭」，誤。明州本、金州本、毛鈔、錢鈔注作「大」，不誤。

[六八]　方校：案：「『莿』譌从刃，據《説文》正。《玉篇》作『莿』，同。」

[六九]　明州本、金州本、毛鈔、錢鈔凡从「敬」之字均缺末筆作「茍」。潭州本不缺。

[七〇]　明州本、潭州本、金州本、毛鈔、錢鈔「卯」字作「夘」。龐校、錢校同。姚校：「宋本『卯』作『夘』。韓校同。」

[七一]　明州本、毛鈔、錢鈔「博」字作「博」。龐校、錢校同。姚校：「宋本作『博』，是。余校同。」按：潭州本、金州本作「博」。

[七二] 方校：「案：『[illegible]』譌『[illegible]』，據《類篇》及《爾雅·釋艸》正。」按：明州本、錢鈔注作「[illegible]」，毛鈔作「[illegible]」。龐校同。

[七三] 方校：「案：『橦』譌从禾，據《説文》正。」按：明州本、金州本、毛鈔、錢鈔「穜」字正作「橦」。陳校、陸校、龐校、錢校同。姚校：「宋本『穜』作『橦』，从木。」

[七四] 按：《梗韻》於境切「䁝」字注「也」字作「皃」，《廣韻》無「也」字。

[七五] 方校：「案：『帝俈樂』三字係《廣雅·釋樂》曹憲注。」

[七六] 按：《玉篇·水部》：「渶，水出青丘山」。「丘」下有「山」字。

[七七] 毛鈔注「相」字作「柤」。韓校、陳校、陸校、錢校同。方校：「案：『柤』譌『相』，據宋本及《説文》正。」

[七八] 方校：「案：『易蜥』，《方言》八作『易蜴』，蜴音析，《爾雅翼》引作『易蜇』，《類篇》引作『蜥易』。《埤雅》引與此同。」

[七九] 明州本、毛鈔、錢鈔注「乀」字作「乙」。韓校、龐校、錢校同。姚校：「宋本作『乙』。」

十三耕

[一] 方校：「案：《類篇》『欣』作『欸』，从兩『欠』。《字典》兩收。」

[二] 陳校：「《廣韻》入《庚韻》，音阬。《類篇》作『瞪』，譌。」

[三] 方校：「案：二徐本『也』作『者』，《廣韻》、《類篇》引與此同。」段校依《廣韻》、《集韻》、《類篇》改作「也」。

[四] 方校：「案：『鄰』，大徐本同，小徐本作『滕』。段氏校本改爲『䣭』。」顧校作「䣭」。

[五] 明州本、毛鈔、錢鈔注「佳」字作「隹」。顧校、陳校、陸校、龐校、錢校同。方校：「案：『隹』譌『佳』，據宋本及《類篇》正。」姚校：「宋本『佳』作『隹』。韓校同。」

[六] 按：此爲經傳異文，非異體重文。「硍」無丘耕切，依《周禮》鄭注體例亦非杜子春説。

[七] 方校：「案：『忮』譌『伎』，據《類篇》正。」按：明州本、錢鈔注「伎」字正作「忮」。龐校、錢校同。姚校：「宋本『伎』作『忮』。」

[八] 潭州本、金州本注「缶」字作「缶」。

[九] 方校：「案：『鎣』譌『鎣』，據《説文》及《類篇》正。」按：明州本、毛鈔、錢鈔「鎣」字作「鎣」。姚校：「宋本作『鎣』。余校同。」

[一〇] 段校：「正文宜从衣。」陸校作「褸」。方校：「案：『褸』譌从示，據《類篇》正。」

[一一] 段校：「『聞』宜作『間』。」按：明州本、金州本、毛鈔、錢鈔注「聞」字作「間」。衛校、陳校、陸校、龐校、錢校同。丁校據《廣韻》改「間」。方校：「案：『間』譌从耳，據宋本及《類篇》正。」姚校：「宋本『聞』作『間』，是。韓校同。」

[一二] 本小韻「劉」字下已出「嫈」字，此又重見。陳校：「見上，當併。」

[一三] 明州本、錢鈔注「䁝」字作「矇」。龐校、錢校同。姚校：「宋本『䁝』作『矇』。」

[一四] 方校：「案：『顓頊樂』三字係《廣雅·釋樂》曹憲注。」

[一五] 明州本、毛鈔、錢鈔注「鋞」字作「鋞」，注同。龐校同。

[一六] 明州本、毛鈔、錢鈔注「榦」字作「幹」。顧校、龐校、錢校同。方校：「案：宋本『榦』作『幹』。」姚校：「宋本『榦』作『幹』。韓校同。」

[一七] 方校：「案：二徐本『深』下有『響』字，段氏據此及《類篇》、《韻會》删。」

[一八] 明州本、金州本、毛鈔、錢鈔注「二」字作「三」。龐校、錢校同。是。此小韻實三十三字。

[一九] 明州本、毛鈔、錢鈔注「弦」字作「弜」。顧校、龐校、錢校同。姚校：「宋本作『弜』。韓校同。」

[二〇] 明州本、毛鈔、錢鈔「紖」字作「紉」。姚校：「宋本『紖』作『紉』。注『玐』作『弜』。余校同。」

[二一] 余校以下从「玐」者並改从「弜」。

[二二] 明州本、錢鈔「弫」字作「馬」。錢校同。姚校：「宋本作『馬』。余校同。」陳校：「《類篇》作『馬』。」

［二三］　明州本、錢鈔注「泦」字作「泂」。顧校、錢校同。姚校：「宋本『泦』作『泂』。余校同。」

［二四］　明州本、錢鈔「宖」字作「穽」。錢校同。姚校：「宋本『宖』作『穽』。韓校同。」

［二五］　姚校：「余校正文作『閎』，是。段云：『宜从門。』」方校：「案：《玉篇》作『閎』，入《門部》，與《説文》合，今正。」

［二六］　明州本、毛鈔注「士」字作「七」。龐校同。姚校：「宋本『士』作『七』，余校作『上』，並非。」按：潭州本。金州本、錢鈔作「士」。

［二七］　明州本、錢鈔「吼」字作「吅」。錢校同。姚校：「宋本作『吅』。余校同。」

［二八］　明州本、毛鈔、錢鈔「竑」字作「竆」。顧校、龐校、錢校同。姚校：「宋本『竑』作『竆』。余校同。韓校作『竆』。」

［二九］　方校：「案：二徐本及《類篇》同。《韻會》『騂』作『駭』。」

［三〇］　陳校：「《廣韻》又入《庚韻》楚庚切。」

［三一］　潭州本、金州本、毛鈔、錢鈔注「剌」字作「刺」。姚校：「影宋本『剌』作『刺』。」

［三二］　明州本、毛鈔、錢鈔注「甾」字作「畄」。龐校、錢校同。

［三三］　明州本、毛鈔、錢鈔注「亇」字作「厂」。方校：「案：『亇』係『厂』之譌。胡竹厂士震云：『爭』从𠬪从丿，不應从厂。《説文》『丿』訓右戾，『𠬪』上下相付，付而戾之，此爭之義也。」按：「从𠬪」爲許氏語，非鉉云，當移「也」字下。

［三四］　方校：「案：二徐本及《類篇》同。段氏校本改『鼓』爲『五』，『竹』爲『筑』。《經籍籑詁》引《説文》『身』作『聲』，『樂』下有『器』字，未詳所本。」

［三五］　《説文》見《艸部》，注「艸」字衍。

［三六］　丁校據《説文》改「藎」爲「蘯」。衛校、龐校同。方校：「案：『蘯』譌『藎』，據《説文》正。」

［三七］　方校：「案：『朱』，大徐本作『未』。影宋《繫傳》及《類篇》與此同。段氏从大徐本。『曰』上奪『一』字，據《説文》、《類篇》補。」按：明州本、毛鈔注「朱」字正作「未」。陸校、錢校同。又明州本、毛鈔、錢鈔注「曰」上有「一」字。衛校、陳校、龐校、錢校同。丁校據《説文》增「一」字。姚校：「宋本『朱』作『未』。影宋作『未』。又『曰』上有『一』字，是。

韓校同。吕云：『曰下脱綒字。』」

［三八］　陳校：「『三』，《廣韻》、《山海經》並作『五』。」方校：「案：《類篇》同。《山海經》二《西山經》作『五尾』。」

［三九］　明州本、潭州本、金州本、毛鈔、錢鈔注「筯」字作「筋」。段校、陳校、陸校、龐校、錢校同。方校：「案：『筋』譌『筯』，據宋本及《類篇》正。」姚校：「宋本『筯』作『筋』，是。影宋、余校、韓校皆同。」

［四〇］　陳校：「『崢』又入《庚韻》鋤庚切。『崝』分訓峭也。」

［四一］　方校：「案：二徐本同。此亦讀連篆文之一證。」

［四二］　陳校：「竚宏，闊大皃，从穴。竚宏，屋響，从宀。二字當分。《類篇》《穴》、《宀》二部兩收。」方校：「案：《類篇·穴部》竚宏，《宀部》竚宏，音訓竝同。此『宏』當作『宏』。」

［四三］　明州本、毛鈔、錢鈔注「恦」字作「㤘」。顧校、陳校、錢校同。姚校：「宋本『恦』作『㤘』。余校同。」

［四四］　方校：「案：『𩭹鬡』譌『𩭹𩭹』，據《類篇》及前鉏耕切『𩭹』注正。」按：明州本、毛鈔、錢鈔注下「𩭹」字作「鬡」。余校、龐校、錢校同。姚校：「宋本注次『𩭹』字作『鬡』，是。影宋、韓校皆同。」

［四五］　明州本、毛鈔、錢鈔「㲉」字作「𣪊」，注同。顧校、陳校、陸校、龐校、錢校同。方校：「案：重文『𣪊』譌从殳，據宋本及《類篇·攴部》正。」姚校：「宋本『㲉』作『𣪊』，从攴。韓校同。」

［四六］　方校：「案：『檀』，二徐本同。段氏校本改『撞』。」姚校：「吕云：『檀宜从扌。』」

［四七］　陳校：「『㲉』，《廣韻》从攴。《玉篇》作『敂，推也』。按：《類篇·殳部》未收『敂』字。」

［四八］　金州本注「竆」字作「竆」。錢校同。姚校：「宋本作『竆』。余校同。」

［四九］　陳校：「『器』作『嚻』。音叫。」方校：「案：『嚻』譌『器』，據《類篇》正。」

［五〇］　衛校注「營」字作「營」。丁校據《類篇》改「營」爲「營」。方校同。

［五一］　陳校：「『穃』、『獰』二字《廣韻》入《庚韻》乃庚切，義同。」

［五二］　明州本、毛鈔、錢鈔「鑏」字併注在「鑏」下「薴」上。韓校、陸校同。方校：「案：宋本在『鑏』下『薴』上。」

［五三］方校：「案：《廣雅》未見。惟《釋詁二》『幽，絣也』。音布耕反。『幽』、『絣』聲義並同。」

［五四］明州本、錢鈔注「予」字作「子」。錢校同。按：潭州本、金州本、毛鈔作「予」。呂校：「宜作『予』。」方校：「案：《玉篇》引《説文》『予』作『與』，从小徐。此及《類篇》从大徐。『予』、『與』古通用。」

［五五］方校：「案：大徐本同。段氏注、小徐本及《爾雅·釋詁》音義改『撣』爲『彈』。《類篇》作『揮』，非是。」

［五六］明州本注「弦」字作「弦」。陸校、龐校、錢校同。方校：「案：『弦』譌『弦』。據宋本及《類篇》正。」姚校：「宋本『弦』作『弦』，是。韓校同。段云：『弦宜作弦。』」

［五七］明州本、毛鈔、錢鈔「晹」字作「晹」，注同。龐校、錢校同。姚校：「宋本『晹』作『晹』。」

［五八］明州本、毛鈔、錢鈔注下「一」字作「曰」。衛校、陳校、陸校、龐校、錢校同。方校：「案：『一曰』譌『一一』，據宋本及《類篇》正。」姚校：「次『一』字作『曰』，是。韓校同。」

［五九］明州本、錢鈔注「芽」字作「茅」。錢校同。姚校：「宋本作『茅』，誤。」按：潭州本、金州本、毛鈔作「芽」，與《説文》同。

［六〇］方校：「案：《爾雅·釋訓》音義『萌』字或作『萠』。經典所收，亦非俗作。」

［六一］方校：「汪氏云：《莊子·齊物論》釋文：徐武耕反。與此謨耕切有明、微之别。」

［六二］明州本、錢鈔『宖』、『𥦗』字作『宖』、『𥦗』。顧校、龐校、錢校同。姚校：「宋本作『宖』、『𥦗』。韓校同。」

［六三］明州本、毛鈔、錢鈔「忛」字作「㤔」。顧校、錢校同。姚校：「宋本作『㤔』。余校同。」陳校作「怮」。

十四清

［一］明州本、錢鈔注「瀓」字作「徵」。錢校同。誤。潭州本、金州本、毛鈔作「瀓」，與《説文·水部》「清」篆注同。

［二］明州本、錢鈔注「圊」字作「圂」。錢校同。姚校：「宋本注『圊』作『圂』。」按：《廣雅·釋器》：「圊、圂，廁也。」

［三］按：《廣韻》：「顏，顪顏，頭也。」《玉篇·頁部》：「顏，子庭切，顪顏。」又：「顪，思移切，顪顏，頭不正。」據此，「顏」「顪」二字當乙，「顪顏」爲連語。

［四］方校：「案：《漢書·地理志》『狋氏』，孟康音權精。」

［五］明州本、潭州本、金州本、毛鈔、錢鈔「禈」字作「禈」，注同。韓校、陸校、龐校、錢校同。方校：「案：『禈』當从宋本作『禈』。」

［六］陳校：「『髦』，《説文》作『旄』。」方校：「案：『旄』譌『髦』，據《説文》正。」

［七］按：从「爵」之字未有在《清韻》者。《廣韻》在《笑韻》，音子肖切，注「目瞑也」。《玉篇·目部》亦云：「瞬，子召切，目瞑也。」

［八］陳校：「『葏』同。當入《真韻》。」姚校：「呂云：『彡宜从氵。』」

［九］方校：「案：『氣』當作『气』。『有欲者』，《玉篇》引同，《廣韻》作『有所欲也』。」

［一〇］明州本、毛鈔、錢鈔「殅」字作「殅」。段校、陳校、龐校、錢校同。方校：「案：『殅』譌『殅』，據宋本及《説文》正。」姚校：「宋本作『殅』。韓校同。呂云：『首文宜改殅。』」

［一一］黄彭年校：「《説文》無『晴』、『暒』字，《夕部》有『姓』字。鉉曰：『今俗别作晴，非是。』彭年按：《史記·天官書》『天晴而見景星』，《漢志》作『天暒』，非俗字也。」

［一二］方校：「案：《類篇》引作『雨除夜而星見』也。乃傳録之譌。」

［一三］方校：「案：此見《廣雅·釋器下》。《類篇》『烊』作『烊』，非。」

［一四］陳校：「《類篇》作『蛢』。」按：明州本、毛鈔、錢鈔「阱」字作「蛢」。陳校、龐校、錢校同。方校：「案：『蛢』譌『阱』，據宋本及《類篇》正。」姚校：「宋本作『蛢』。韓校同。」某氏校：「凡从『并』者放此。篆作『幷』，从从，幵聲。《字鑑》曰：『俗作并。』」

［一五］明州本、潭州本、金州本、毛鈔、錢鈔注「彌」字作「弥」。陳校、龐校、錢校同。姚校：「宋本『彌』作『弥』。」

[一六]　明州本、金州本、毛鈔、錢鈔注「泆」字作「決」。陳校、馬校、龐校、錢校同。方校：「案：『決』譌『泆』，據宋本及《史記·蘇秦傳》正。」姚校：「宋本『泆』作『決』」，是。韓校同。」按：潭州本作「泆」，乃「決」壞字。

[一七]　毛鈔「䁝」字作「䁝」。顧校同。方校：「案：『䁝』譌『䁝』，據宋本及《類篇》正。」

[一八]　姚校：「段云：『此古聞字，不宜音書盈切。』」

[一九]　方校：「案：『佂』譌『征』，『遑』譌『惶』，據《方言》十正。」按：明州本、毛鈔、錢鈔注「征」字正作「佂」。陳校、龐校、錢校同。姚校：「宋本『征』作『佂』」，是。吕云：「《方言》作征，此注誤。」

[二〇]　方校：「案：此仍《廣韻》之文，《方言》未見。惟見《儀禮·大射儀》注，彼注『鴟』止作『正』。」

[二一]　陸校「肉」作「食」。按：《廣韻》：「鯖，煮魚煎食曰五侯鯖。」

[二二]　陳校：「《博雅》从目不从耳，當併入从目字注。」方校：「案：《廣雅·釋訓》从目作『眐眐』，本《楚辭·哀時命篇》，王逸注：『獨行皃也。』《類篇·耳部》亦不收『耵』。」

[二三]　陳校：「从亶。」方校：「案：『䱴』譌『䱴』，據《説文》正。」按：明州本、毛鈔、錢鈔「䱴」字正作「䱴」，注同。顧校、錢校同。姚校：「宋本作『䱴』，是。」

[二四]　陳校：「《類篇》『甑』作『甑』。」方校：「案：『甑』譌『甑』，據《類篇》正。『甑』與『瓶』同。」

[二五]　方校：「案：『晸』《類篇》入《冃部》，『从曰』當作『从冃』。」按：明州本、毛鈔、錢鈔注「曰」字作「冃」。陳校、龐校、錢校同。「姚校：宋本『曰』作『冃』。韓校同。」

[二六]　明州本、毛鈔、錢鈔注「筐」字作「筐」，缺末筆。韓校同。

[二七]　姚校：「段云：『上所稱猶言今上之名也。宋本禎字亦不缺筆，蓋影寫者失之。』覲元案：段所謂宋本禎字不缺筆者，蓋泛引宋本爲證，非言宋本《集韻》。」

[二八]　明州本、金州本、毛鈔、錢鈔注「卜」字作「上」。龐校、錢校同。方校：「案：『卜』當从宋本及《説文》作『上』。」姚校：「宋本『卜』作『上』。韓校同。」

[二九]　明州本、毛鈔、錢鈔注「浾」字作「赬」。龐校、錢校同。姚校：「宋本注『浾』作『赬』。余校同。韓云：『浾作赬，非是。』」按：潭州本、金州本作「浾」。

[三〇]　明州本、毛鈔、錢鈔「呈」字作「呈」，从壬。錢校同。龐校：「『呈』並从壬。」姚校：「『呈』，宋本从壬，凡从『呈』之字並然。」

[三一]　衛校注「一」作「十」。丁校據《説文》「一」字作「十」。方校：「案：此亦讀連篆文之證。段氏云：『俗本一作十。《説文》舊本漢制，考《小學紺珠》皆不誤。百髮爲分，斷無此理。』」

[三二]　方校：「案：《廣雅·釋器下》『葢𥲤謂之籧篨』，『笭篂』，無『竹席』二字。王氏謂此二字乃釋《廣雅》之辭，非《廣雅》原文。」

[三三]　明州本、金州本、毛鈔、錢鈔注「身」字作「貞」。陳校、龐校、錢校同。方校：「案：宋本及《類篇》《韻會》竝離貞切，今據正。」姚校：「宋本作『貞』。韓校同。」

[三四]　《説文·魚部》：「鮗，蟲連行紆行者。」下《青韻》郎丁切同。此「魚」字疑衍。

[三五]　明州本、毛鈔、錢鈔注「紆」字作「紆」。龐校、錢校同。姚校：「宋本『紆』作『紆』。」

[三六]　明州本、潭州本、金州本、毛鈔、錢鈔「盈」字作「盈」。龐校、錢校同。姚校：「宋本作『盈』，从夕，凡从『盈』之字竝然，非。」

[三七]　明州本、潭州本、金州本、毛鈔、錢鈔注「省天」作「少昊」。陳校、龐校、錢校同。丁校據《説文》改「少昊」。方校：「案：『少昊』譌『省天』，據宋本及《説文》正。」姚校：「宋本『省天』作『少昊』，是。影宋、余校、韓校皆同。」

[三八]　方校：「案：『夃』譌『夃』，據《説文》正。」

[三九]　方校：「案：此與『輕』、『逕』字宋本竝从壬，《類篇》與此同誤。『逕』作『逕』，尤非。」

[四〇]　明州本、潭州本、金州本、毛鈔、錢鈔注「傾」字作「傾」。陳校、龐校、錢校同。方校：「案：『傾』中譌从工，據宋本正。」姚校：「宋本『傾』作『傾』，是。韓校同。」按：《青韻》苦丁切「頃」注作「傾」。

［四一］　方校：「案：『䶑』譌『䶑』，據《釋艸》正。」按：明州本、毛鈔、錢鈔注「䶑」字作「䶑」。段校、陳校、陸校、龐校、錢校同。姚校：「宋本『䶑』作『䶑』。影宋同。」

［四二］　方校：「案：《説文》『營』隸《宮部》，俗作『營』。『市』，毛本譌『市』，據小徐本正。《類篇》作『匝』，亦俗。維傾切之『維』，《類篇》作『余』，然《類篇》營紐十七字竝作『維』，當仍之。」按：明州本、錢鈔注「市」字作「市」。龐校、錢校同。姚校：「宋本『市』作『市』，是。」

［四三］　明州本、錢鈔注「頭」字作「頌」。龐校、錢校同。

［四四］　方校：「案：『瓊』譌『瓊』，據《説文》正。段校本『赤』改『亦』，『一』當作『二』。」按：曹本作「文十五」，顧氏重修本已改「二十五」。又明州本、毛鈔、錢鈔「瓊」字作「瓊」。錢校同。姚校：「宋本作『瓊』。」

［四五］　明州本「𤕠」字作「𤕠」，从卂。龐校：「从此者並同。」

［四六］　明州本、錢鈔注「目」字作「日」。錢校同。按：潭州本、金州本、毛鈔作「目」。

［四七］　明州本、毛鈔、錢鈔注「罢」字作「罢」。錢校同。姚校：「宋本作『罢』，注同。」

［四八］　《廣韻》：「擰，博子，一名投子。」从扌不从木。

［四九］　明州本「嫇」作「嫇」。錢校同。

［五〇］　明州本、毛鈔、錢鈔注「蹂」字作「蹂」。陳校同。

［五一］　潭州本、金州本注重「也」字，非。明州本、毛鈔、錢鈔不重。

［五二］　方校：「案：『聘』譌『聘』，據《説文》正。」按：明州本、毛鈔「聘」字作「聘」。錢校同。

十五青

［一］　明州本、潭州本、金州本、毛鈔、錢鈔「夵」字作「夵」。顧校、陳校、龐校、錢校同。

［二］　方校：「案：『鶴』譌『鶴』，據《廣韻》、《類篇》正。」按：明州本注「鶴」字正作「鶴」。錢校同。姚校：「宋本『鶴』作『鶴』。」錢鈔作「鶴」。

［三］　汪校以意增「曰」字。方校：「案：『〇』譌『口』，『日』譌『曰』，『[illegible]』譌『垒』，『唐武后作』下奪『〇』字，據《説文》及《新唐書》訂補。」按：明州本、毛鈔、錢鈔注「曰」字作「口」，「作」下空白有「〇」。陸校、龐校、錢校同。姚校：「宋本『曰』作『日』，『作』下空白有『〇』。影宋、余校、韓校空白竝有『〇』。段云：『曰當改作日。』」潭州本、金州本似「曰」字，空白處作「〇」。

［四］　明州本、毛鈔、錢鈔注「中肉」二字作「肉中」。龐校、錢校同。方校：「案：『肉中』譌『中肉』，據宋本乙。」姚校：「宋本『中肉』二字互倒，是。韓校同。」

［五］　明州本、潭州本、金州本、毛鈔、錢鈔注「蜓」字作「蜓」。段校、陳校、陸校、龐校、錢校同。方校：「案：『蜓』譌『蜓』，據宋本及《類篇》正。」姚校：「宋本『蜓』作『蜓』。影宋、韓校同。」

［六］　方校：「案：《類篇》『熱』作『烈』。」按：明州本、錢鈔「熱」字正作「烈」。龐校、錢校同。姚校：「宋本『熱』作『烈』。」

［七］　明州本、毛鈔、錢鈔注「傍」字作「滂」。陳校、龐校、錢校同。方校：「案：『傍』當从宋本及《類篇》、《韻會》作『滂』。」姚校：「宋本『傍』作『滂』。韓校同。」

［八］　方校：「案：《説文・丂部》『甹』从由，今據正。」明州本、毛鈔、錢鈔「甹」字作「甹」。龐校、錢校同。段校：「宋本凡『甹』俱作『甹』。」姚校：「宋本『甹』作『甹』。韓校同。」

［九］　方校：案：「《説文》『亟』作『亟』，『二』作『或』，下『曰甹』作『爲甹』，今竝據正。」

［一〇］　明州本、錢鈔注「甹」字作「甹」。姚校：「宋本『甹』作『甹』。」

［一一］　方校：「案：《説文》『甹』、『俜』音訓同。下『俠』訓俜正古轉注法。毛本『俠』作『使』，非。」

［一二］　陳校：「《博雅》作『艴，色也』。」方校：「案：《廣雅・釋詁二》奪『艴』字，王氏據此及《類篇》補。『頩』原作『艴』，同。」

［一三］明州本、潭州本、金州本、毛鈔、錢鈔「鉼」字作「鉼」。龐校同。

［一四］陳校「輕」作「輜」。方校：「案：『輕』从大徐本作『輜』，小徐本作『轎』，《類篇》、《韻會》與此同。」

［一五］明州本、毛鈔、錢鈔「軿」、「軿」作「軿」、「軿」。龐校同。

［一六］明州本、潭州本、金州本、毛鈔、錢鈔注「漂」字作「漂」。顧校、陳校、陸校、龐校、錢校同。方校：「案：『漂』譌『漂』，據宋本及《莊子·逍遥遊》注正。」姚校：「宋本『漂』作『漂』」，是。影宋、韓校皆同。」

［一七］方校：「案：《説文》『蓱』在《艸部》，『萍』在《水部》，皆博經切，皆訓苹，惟『萍』又有水艸之訓耳。」

［一八］方校：「案：『鵧』譌从竝，據《類篇》及《爾雅·釋鳥》正。」

［一九］金州本、毛鈔注「宀」字作「冖」。陳校、錢校同。方校：「案：『冖』譌『宀』。據宋本及《説文》正。」姚校：「宋本『宀』作『冖』。韓校同。」按：明州本、錢鈔注「宀」作「曰」，誤。

［二〇］潭州本、金州本、毛鈔注「口」字作「日」。陳校、陸校、龐校同。明州本、錢鈔注誤作「曰」。

［二一］方校：「案：二徐本同。《爾雅·釋詁》『弗』作『茀』。」

［二二］明州本、潭州本、金州本、毛鈔、錢鈔注「蠡」字作「蚃」。錢校同。姚校：「宋本『蠡』作『蚃』。」

［二三］金州本注「櫨」字作「櫨」。陸校：「『櫨』作『櫨』。與《廣韻》同。」

［二四］明州本、錢鈔「甹」字作「甹」。龐校、錢校同。姚校：「宋本作『甹』。」

［二五］方校：「案：『个』，《説文》作『个』，《類篇》同，今正。」按：明州本、毛鈔、錢鈔作「个」，潭州本、金州本作「个」。汪校同。

［二六］明州本、毛鈔、錢鈔注「鶄」字作「鶄」。陳校、錢校同。方校：「案：『鶄鵁』譌『鶄鵁』，據宋本及《方言》九郭注正。」姚校：「宋本『鶄』作『鶄』，是。覲元按：『鵁』當作『鵁』。」

［二七］明州本、錢鈔注「釴」字作「釴」。龐校、錢校同。方校：「案：『釴』《類篇》作『釴』，非是。」

［二八］明州本、錢鈔注「丘」字作「立」。錢校同。非是。潭州本、金州本、毛鈔作「丘」，與《説文》合。

［二九］明州本、錢鈔「豞」字作「豞」。錢校同，方校：「案：《類篇》『訂』注『評』譌『平』，『豞』注不誤。此『豞』譌『豞』，據宋本正。」姚校：「宋本『豞』作『豞』。韓校同。」

［三〇］明州本、錢鈔注「緩」字作「媛」。錢校同。按：潭州本、金州本、毛鈔作「緩」，與《説文》同。陳校：「『緩』或當作『綬』，見前《清韻》怡成切。」

［三一］毛鈔注「木」字作「水」。馬校同。誤。

［三二］本韻當經切注作「岺㝏」，云：「小岡也。」

［三三］陳校：「『縮』，《方言》作『絙』，『意』，《方言》作『竟』。《類篇》引《方言》作『急』，誤。」方校同。按：明州本、錢鈔注「縮」字作「緬」。衛校、龐校、錢校同。丁校據《方言》校同。姚校：「宋本『縮』作『緬』。吕云：『《方言》作『絙，筳，竟也』，此注誤。』覲元按：『絙』缺下筆，避真宗諱。」

［三四］方校：「案：『亭』譌『亭』，『高』譌『高』，據《説文》正。」

［三五］明州本、潭州本、金州本、毛鈔、錢鈔注「娗」字作「娗」。陳校、陸校、龐校、錢校同。方校：「案：『娗娗』譌『娗娗』，據宋本及《廣雅·釋訓》正。」姚校：「宋本作『娗』。韓校同。」

［三六］《漢書·地理志》膠東國有挺縣。字从手。颜注：「『挺』音徒鼎反。」按：上聲《迥韻》待鼎切字作「挺」，从手，當正。

［三七］方校：「案：『甹』譌『甹』，據《説文》正。」按：明州本、錢鈔字作「甹」。龐校、錢校同。毛鈔作「甹」。顧校、陳校同。

［三八］陳校：「『壬』當作『壬』，从『人』在『土』上。」

［三九］方校：「案：『筳』譌『筳』，據《説文》正。」按：金州本、潭州本、毛鈔字正作「筳」。余校、龐校、錢校同。姚校：「『筳』宋本作『筳』。」

［四〇］明州本、錢鈔注「卜」字作「十」。龐校、錢校同。誤。潭州本、金州本、毛鈔作「卜」，不誤。

［四一］丁校：「《竇氏家傳》對鼮鼠者乃竇攸，非終軍也。此承郭璞之譌。」

［四二］明州本、錢鈔注「蛛」字作「蚨」。龐校、錢校同。姚校：「宋本『蛛』作『蚨』，誤。」

［四三］明州本、潭州本、金州本、毛鈔、錢鈔「靈」字作「霊」。段校、韓校、陸校、龐校、錢校同。

［四四］明州本、錢鈔注「五」字作「三」，錢校同。按：本小韻實一百六十五字，明州本誤。

［四五］余校「⿱雨各」作「零」。按：《説文・雨部》「霝」篆注正作「零」。

［四六］明州本注「圝」字作「囧」。

［四七］方校：「案：『䰱』譌从見，據《類篇》正。」按：《山海經・大荒東經》字亦作「䰱」。

［四八］方校：「案：《類篇》从言作『衙』，『衙』即『衙』本字。」

［四九］方校：「案：《類篇》『也』作『名』。」按：明州本、毛鈔、錢鈔注「也」字正作「名」。龐校、錢校同。姚校：「宋本『也』作『名』。」

［五〇］明州本、毛鈔、錢鈔注「澤」字作「澤」。韓校、陳校、龐校、錢校同。丁校據《廣韻》作「澤」。方校：「案：『澤』譌从水，據宋本及《廣韻》正。『澤』音鐸，仌結也。」姚校：「宋本『澤』作『澤』，从冫。」

［五一］丁校：「《漢書．地理志》清河縣作『靈』，非『鄳』也，此誤。」方校：「案：下四字非叔重語。漢《地理志》清河縣止作『靈』。」

［五二］姚校：「段云：『秢即稔之俗字。』呂云：『按：《説文》無齡字。《樊毅修華山廟碑》云重曜萬軨，《婁壽碑》又皆作軨，亦通假字。《九經考異》云：九齡石經本作秢，檢漢石經《禮記》無考，未詳何據。《玉篇》亦云：秢，年也。此所本。』觀元按：《經典釋文》云『一作聆』，是陸所見本有作『聆』者。」

［五三］陳校：「又見下，義當併。」方校：「案：靈紐『獜』字複出，此訓犬聲，後訓犬健，疑此有誤，無本可校，姑仍之。」

［五四］余校：「懸上增『手』字。」按：《廣韻》：「拎，手懸捻物。」此余校所本。

［五五］方校：「案：二徐本及《類篇》『名』皆作『也』，今據正。」

［五六］明州本、毛鈔、錢鈔「鑐」字作「鑐」。龐校：「『缶』並作『缶』。」

［五七］方校：「案：『甇』，大徐本作『瓮』，小徐本作『甍』，《類篇》作『甕』。『甇』、『甕』、『甍』三字《説文・瓦部》竝無，今姑

从大徐、段氏校本改『䨩』。」

［五八］潭州本、金州本、毛鈔注「籯」字作「籯」。段校、陸校、龐校、錢校同。方校：「案：『籯』譌从女，據宋本及《説文》正。」姚校：「宋本『籯』作『籯』，是。影宋、余校、韓校皆同。」按：明州本、錢鈔字作「籯」。

［五九］方校：「案：『䴒』譌从回，據《廣雅・釋獸》正。」

［六〇］潭州本、金州本、毛鈔注「鴒」字作「鴒」。陳校、馬校、龐校、錢校同。方校：「案：『鴒』譌『鴒』，據宋本及《爾雅・釋鳥》正。」姚校：「宋本『鴒』作『鴒』。」韓校同。

［六一］方校：「案：此係新坿字。」

［六二］陳校：「『根』字作『根』。」按：《説文・虫部》「根」字作「根」，此陳校所本。

［六三］明州本、毛鈔、錢鈔注「湅」字作「湅」。陳校、馬校、龐校、錢校同。方校：「案：『湅』譌『湅』，據宋本及《類篇》正。」姚校：「宋本『湅』作『湅』。」韓校同。

［六四］毛鈔「齡」字作「齡」。馬校：「宋誤，局作『齡』。」

［六五］陳校：「見前。重出，義當併。」某氏校：「『獜』字複，前『齡』字下已出，此『獜』字當係『僯』字之譌。」

［六六］明州本、金州本、毛鈔、錢鈔注「健」字作「健」。龐校、錢校同。姚校：「宋本作『健』。」余校同。

［六七］明州本、毛鈔、錢鈔「呬」字作「㗊」，注「四」字作「三」。段校、龐校、錢校同。又陳校注「四」作「三」。方校：「案：正文『㗊』譌『呬』，注『三』譌『四』，據宋本及《類篇》正。」姚校：「宋本『呬』作『㗊』。影宋、韓校同。又『四』宋本作『三』。」韓校同。

［六八］明州本、毛鈔、錢鈔注「䯕」字作「䯕」。陸校、錢校同。方校：「案：『䯕』譌『䯕』，據宋本及《類篇》正。」姚校：「宋本『䯕』作『䯕』。影宋、韓校同。」

［六九］呂校：「《楚辭》作『涔』，此恐誤。」方校：「案：《楚辭・湘君》作『涔』，『涔』，不音靈，此作『涔』，形聲俱譌。《類篇》作『涔』，音郎丁切，但作水名，不引《楚辭》。」

［七〇］方校：「案：『極浦』上『而』字誤衍。」許校：「『而』字衍。」按：明州本、毛鈔、錢鈔注正無「而」字。龐校同。姚校：「宋本無『而』字，是。段云：『而字衍，宜删。』」

［七一］方校：「案：『霝』下从囟。《類篇》作『霝』，誤。」按：《類篇》作「霝」不誤，不知方氏何據。

［七二］潭州本、金州本、毛鈔注「第」字作「第」。汪校、陳校、陸校、龐校、錢校同。方校：「案：『第』譌『第』，據宋本及《類篇》正。」姚校：「宋本『第』作『第』，是。影宋、韓校皆同。」按：明州本、錢鈔誤作「笰」。

［七三］明州本、錢鈔注「囊」字作「囊」。龐校同。

［七四］明州本、毛鈔、錢鈔注「中」字作「宀」。段校、陳校、陸校、龐校、錢校同。姚校：「宋本『中』作『宀』，是。余校、韓校同。」

［七五］陳校：「从『子曰』之『曰』。」方校：「案：《類篇》『晵』入《曰部》，下不从日。」

［七六］余校：「『蛀』作『蛄』。」陳校：「《廣韻》作『蛄』。按：或作『蛀』。」方校：「案：《類篇》同。《廣韻》『蛀』作『蛄』。」

［七七］方校：「案：『佞』譌从妄，據《在宥篇》正。」

［七八］陳校：「《廣韻》作『寔』。」方校：「案：《類篇》『寔』入《宀部》。」

［七九］方校：「案：『甯』見《説文・用部》，此下从冉，非。」

［八〇］明州本、毛鈔、錢鈔「䋁」、「巠」作「䋁」、「巠」。陳校作「䋁」，龐校、錢校作「䋁」。方校：「案：宋本及《類篇》略同。據字當作『經』、『巠』。」姚校：「宋本作『䋁』、『巠』。」韓校作『經』、『巠』。」

［八一］陳校：「『巠』同『巠』，古文『巠』不省，當作『巠』。」

［八二］陳校：「『蕩』，《説文》从艸。」方校：「案：《類篇》同。二徐及段校本竝从艸作『蕩』。」

［八三］方校：「案：《周禮・職方》釋文：虖，李軌音香荆反。」

［八四］明州本、毛鈔「咢」字作「咢」。錢校同。方校：「案：《説文》『咢』入《血部》，此从皿，宋本从皿，竝誤。」姚校：「韓作『咢』。」按：錢鈔作『皿』，脱去下半。

［八五］方校：「案：《説文》『荆』入《井部》。『畢』作『皋』，當據正。」

［八六］方校：「案：『砥』譌从氏，據宋本及《類篇》正。」按：曹本如此，顧氏重修本已改。明州本、潭州本、金州本、毛鈔、錢鈔注均作「砥」。

［八七］明州本、錢鈔注「範」字作「笵」。龐校、錢校同。姚校：「宋本『範』作『笵』。」

［八八］方校：「案：《廣韻》、《類篇》引同。二徐本誤奪『而』字。」

［八九］方校：「案：《説文・邑部》『郱』注與此同，从邑，幵聲。又『郱，鄭地郱亭，从邑，并聲』。此二字近多牽混爲一。」

［九〇］方校：「案：『沔』譌从丏，據《方言》五正。」按：明州本、毛鈔注「沔」字正作「沔」。陳校、龐校、錢校同。姚校：「宋本作『沔』。」

［九一］明州本、毛鈔、錢鈔注「玄」字作「互」。錢校同。按：潭州本、金州本作「玄」。

［九二］方校：「案：大徐本『燈』作『鐙』，此从小徐本。」

［九三］陳校：「《爾雅》：『熒，委萎。』同。字作『熒』，省艸。」

［九四］明州本、金州本、錢鈔注「滎」字作「滎」。錢校同。

［九五］方校：「案：『營』當作『營』。汪氏云：《莊子・人閒世》：『目將熒之。』釋文：『向、崔本作營，音熒。』下『口將營之』自讀如字。丁氏誤引。」

［九六］衛校：「《詩》無。」丁校：「《毛詩》無此句，王氏《詩考》引入《烝民》篇。」方校：「案：《魯頌》：『駉駉牡馬。』釋文：『駉又作駫，同。』許所見本作『四牡駫駫』，與陸氏異。」

［九七］明州本、毛鈔、錢鈔注「襄」字作「襄」。龐校同。

［九八］方校：「案：『禪』譌从示，《類篇》同，據《儀禮・士昏禮》注疏正。」

［九九］潭州本、金州本「菁」字作「菁」。明州本、毛鈔、錢鈔作「菁」。

［一〇〇］方校：「案：《類篇》『也』作『皃』。」

［一〇一］　明州本、錢鈔注「丁」字作「下」，誤。潭州本、金州本、毛鈔作「丁」，不誤。
［一〇二］　顧校、陸校「冂」字作「冖」。
［一〇三］　方校：「案：『潔』當从《類篇》作『絜』。」

十六蒸

［一］　姚校：「段云：『折宜作析。』」陸校同。
［二］　明州本、金州本注「榦」字作「榦」。錢校同。
［三］　方校：「案：王氏《廣雅・釋器下》『蒸』作『䒱』，『蒕』作『蘊』。《類篇》亦竝入《血部》，『蘊』作『䘓』，無『蒕』字。此从『皿』非。」按：明州本、錢鈔注「蒕」字作「蒕」。龐校、錢校同。
［四］　明州本、潭州本、金州本、毛鈔、錢鈔「抍」字从升。龐校：「『升』並作『升』。」
［五］　明州本、錢鈔「脀」字作「脀」。顧校、龐校、錢校同。方校：「案：『脀』依《說文》篆體作，宋本从隸作『脀』。」姚校：「宋本『脀』作『脀』。影宋、韓校同。」
［六］　方校：「案：《廣雅・釋詁一》『丞』止作『丞』。」
［七］　明州本、潭州本、金州本、毛鈔、錢鈔注「戚」字作「戒」。陳校、陸校、龐校、錢校同。方校：「案：『戒』譌『戚』，據宋本及《釋訓》正。《釋訓》作『繩繩』，釋文：『繩本或作憴，同。食蒸切。』」姚校：「宋本『戚』作『戒』。韓校同。余校作『戚』。」
［八］　方校：「案：『椉』、『兖』《說文》作『椉』、『兖』，隸作『椉』、『兖』，今據正。『軍法』下段氏據《韻會》補『入椉』二字，『曰乘』之『乘』亦作『椉』。」

［九］　明州本、潭州本、金州本、毛鈔、錢鈔注「疊」字作「疊」。衞校、陳校、龐校、錢校同。丁校據《類篇》作「疊」。方校：「案：『疊』譌『疉』，據宋本正。《類篇》作『疊』，乃新莽所造字。」姚校：「宋本『疉』作『疊』，是。韓校同。」
［一〇］　明州本、錢鈔「睉」字作「睉」，注作「脞」。龐校、錢校同。姚校：「宋本作『睉』。」
［一一］　潭州本、金州本注「吳」字作「吴」。
［一二］　姚校：「余校『妊』作『姓』。」
［一三］　毛鈔注「籥」字作「侖」。段校、陳校、陸校同。方校：「案：『侖』譌从竹，據《說文》正。」姚校：「影宋『籥』作『侖』，是。」
［一四］　姚校：「余校『爲』下有『一』字。」
［一五］　明州本、毛鈔。錢鈔注「草」字作「艸」。龐校、錢校同。姚校：「宋本『草』作『艸』。」
［一六］　明州本、潭州本、金州本、毛鈔、錢鈔注「子」字作「于」。段校、陳校、陸校、龐校、錢校同。方校：「案：『于』譌『子』，據宋本及《夏官・小子》正。」姚校：「宋本『子』作『于』，是。影宋、余校、韓校皆同。」
［一七］　明州本、毛鈔、錢鈔「耳」字作「耳」。龐校、錢校同。
［一八］　方校：「案：《爾雅・釋親》『昆』作『晜』。」
［一九］　方校：「案：『鷩』譌『鶑』，『卤』譌『𠧧』，據《說文》正。」按：明州本、毛鈔、錢鈔注「鶑」字正作「鷩」。段校、陳校、陸校、龐校、錢校同。姚校：「宋本『鶑』作『鷩』，是。影宋同。」按：《說文》作「𠧪」。
［二〇］　方校：「案：『仌』譌从重人，據《說文》正。『凝』，二徐本同，段氏校改爲『冰』。冰，魚陵切，俗作『凝』，與『仌』非一字。」
［二一］　明州本、錢鈔注「悲」字作「非」。龐校、錢校同。按：潭州本、金州本作「悲」。依等韻類隔例，「悲」字是。《類篇・仌部》亦作「悲」。
［二二］　明州本、錢鈔注「彊」字作「殭」。錢校同。

［二三］明州本、錢鈔注「氷」字作「冰」。余校、韓校、龐校、錢校同。

［二四］方校：「案：『渡』下奪『河』字，據《説文》補，『淜』即古『馮』字。」

［二五］方校：「案：《類篇》『砯』作『砅』，與本書蒲應切同。」

［二六］方校：「汪氏云：『《昭五年》釋文：徐又敷冰反。與此披冰切有滂、敷之別。』」

［二七］明州本、毛鈔注「篅」字作「箒」。汪校、陳校、陸校、龐校、錢校同。方校：「案：『篅』譌从角，《類篇》同，據宋本正。後《十七登》『觵』注不誤。」

［二八］方校：「案：『襘』、『襦』皆譌从示，據《方言》四正。」按：明州本、毛鈔、錢鈔「襘」字，錢鈔、毛鈔注「襦」字並从衣。余校、陳校、錢校同。

［二九］明州本、毛鈔、錢鈔注「泓」字作「汎」。錢校同。姚校：「宋本『泓』作『汎』。韓校同。」

［三〇］明州本、毛鈔、錢鈔注「嚚」字作「嚚」。顧校、莫校同。方校：「案：『嚚』當从宋本改『嚚』，《類篇》作『鼆』，同。」

［三一］陳校：「《説文》下補『召也』二字。」方校：「案：『从微省』上《類篇》有『召也』二字，與《説文》合。『壬爲微』，二徐本『微』作『徵』，段本作『壬微爲徵』，『聞』，二徐本譌『文』。當以此及《韻會》正之。『即徵之』，小徐本及《類篇》『之』作『也』，段氏从之。『敹』當从《説文》改『敹』，《類篇》作『敹』，尤誤。」

［三二］陳校：「《廣韻》作『禦』。」方校：「案：《廣韻》、《類篇》『御』作『禦』，今據正。」按：明州本、毛鈔、錢鈔「御」作「禦」。龐校、錢校同。姚校：「宋本『御』作『禦』。」

［三三］方校：「案：『扵』譌『扸』，據《説文》一篇《丨部》正。『杠』下《説文》有『皃』字。」

［三四］明州本、錢鈔注「杠」字作「杆」。龐校、錢校同。誤。潭州本、金州本、毛鈔注作「杠」，與《説文》合。

［三五］衛校：「庱亭在丹陽。」丁校：「《元和志》丹陽郡丹陽縣東四十七里有庱亭，此作吴興，誤。」方校「案：《元和志》庱亭壘在潤州丹陽縣東四十七里，非吴興地也。此當从《類篇》及後澂紐『庱』注作『在吴』爲是。」

［三六］陳校从「台」。按：明州本、潭州本、金州本、毛鈔、錢鈔「紿」字作「給」。段校、陸校、龐校、錢校同。丁校據《説文》作「給」。方校：「案：『紿』譌『給』，據宋本及《説文》正。」姚校：「宋本作『給』。影宋、韓校同。」

［三七］明州本「楚」、「吴」二字墨釘。錢鈔空缺。錢校：「『吴』、『楚』二字宋重修板留墨方未鐫。」按：潭州本。金州本、毛鈔均不缺。

［三八］方校：「案：『夌』譌『夌』，『夂』譌『夊』，『兂』譌『光』，『徲』下奪『也』字，據《説文》及《類篇》訂補。」按：明州本、毛鈔、錢鈔注「兂」字作「尖」。陳校、龐校、錢校同。姚校：「宋本『兂』作『尖』。」余校作『尖』，韓校作『光』，竝非。」

［三九］方校：「案：《説文》『阜』作『𠂤』，『餕』作『餕』，今竝據正。」

［四〇］方校：「案：『芰』譌『芰』，《類篇》同，據《説文》正。」

［四一］明州本、潭州本、金州本、毛鈔、錢鈔注下空三格。段校、龐校、錢校同。方校：「案：宋本同，其實無闕文也。」姚校：「鄭云：『此文左行至獸名行至名字即完，而下有三字空白，曹、宋本並然，未知有遺文與否？』覲元按：鄭所謂宋，影宋鈔也。宋棐本空二格。韓校同。」

［四二］方校：「案：『瘫』，《説文》作『瘫』。《類篇》誤从广作『雁』。『隨人』下大徐本有『所』字，『蹤』作『蹤』。《類篇》竝與此同。」余校、龐校「蹤」作「鞭」。姚校：「『鷹隨』當作『瘫隨』。」

［四三］明州本、錢鈔「疕」字作「疪」。龐校、錢校同。姚校：「宋本『疕』作『疪』。」某氏校：「《漢書・功臣表》煇渠慎侯應疕，不作『雁疕』，師古音疋履反。」

［四四］吕校：「『成』疑作『或』。非。」陳校：「《禮韻》有『疑』字，魚陵切，與『凝』同，定也。引《詩》『靡所止疑』。」方校：「案：『成』下奪『也』字，『从』上奪『或』字，依本書通例補。『凝』訓成見《易・鼎卦》鄭注、虞注，《書・皋陶謨》孔傳、鄭注，《後漢・崔駰傳》注。」

［四五］方校：「案：『興』譌『興』，『舁』譌『舁』，據《説文》正。」按：明州本、毛鈔、錢鈔正作「興」。姚校：「宋本作『興』，是。」又明州本、金州本、錢鈔注「舁」字正作「舁」。

［四六］明州本、錢鈔注「七」字作「士」。龐校、錢校同。姚校：「宋本『七』作『士』。」

〔四七〕　方校：「案：『兢』上譌从丯，據《説文》正。」按：明州本、毛鈔、錢鈔「兢」字正作「兢」。

〔四八〕　方校：「案：《釋言》作『矜』。釋文：『鹷本又作矜。』」姚校：「余云：『按：《爾雅》作矜。郭注：可矜憐者，亦辛苦。』」

〔四九〕　方校：「案：《廣雅·釋詁一》『穜』作『鹷』，《經籍纂詁》引同，與曹憲音矜合。『穜』不得有居陵切，此與《類篇》並沿俗本之譌。」王氏《廣雅疏證》：「各本『鹷』字並譌作『穜』。《集韻》、《類篇》引《廣雅》『穜、衍，大也』，則宋時《廣雅》本已譌作『穜』。」

〔五〇〕　明州本、錢鈔注「衍」字作「行」。龐校、錢校同。姚校：「宋本『衍』作『行』。」按：作「行」誤。潭州本、金州本、毛鈔作「衍」。

〔五一〕　明州本、金州本、毛鈔、錢鈔注「卣」字作「卢」。段校、陳校、陸校、錢校同。姚校：「宋本『卣』作『卢』，是。韓校同。」又曰：「『朽』宜作『杇』。」陸校同。方校：「案：『歺』譌『夕』，『朽』譌『杇』，據《類篇》正。『卣』當从宋本作『卢』，『卢』係許書本字，當首列。」

〔五二〕　方校：「案：『䠬』、『驇』竝譌从萬，據《類篇》及《釋器》正。」

〔五三〕　方校：「案：嚴氏謂『聄』疑『聇』誤，而《類篇》亦與此同，今仍之。」按：此段氏語。

〔五四〕　方校：「案：『臬』譌『線』，據《類篇》正。」按：《酉陽雜俎·諸皋記上》：「得上細線二條，自留一，一與妃。」

十七登

〔一〕　明州本、毛鈔、錢鈔注「収」字作「奴」。陳校、陸校、龐校、錢校同。方校：「案：『□』字上从兩『止』相背，下从□，隸作『癶』，此正文及注文竝誤，『収』从宋本作『奴』。」姚校：「宋本『収』作『奴』，是。韓校同。覲元案：正文亦當照改。」

〔二〕　明州本、金州本、毛鈔、錢鈔「弆」字作「𢍏」。段校、陳校、陸校、龐校、錢校同。又明州本、錢鈔注「登」字作「登」。龐校同。方校：「案：『𢍏』譌『弆』，據宋本及《説文》正。『登』當作『登』，注作『登』，尤非。」姚校：「宋本作『𢍏』，是。影宋、韓校皆同。覲元按：上當从夕。」

〔三〕　明州本、錢鈔注「㲉」字作「㱿」。錢校同。按：潭州本作「㱿」。《類篇》亦作「㱿」。

〔四〕　方校：「案：『膡』，《廣韻》及宋本《方言》二作『縢』。《類篇》與此同。」

〔五〕　陳校：「《釋文·莊子》：崔本作『絺』，同。」按：「縢」當作「絺」。

〔六〕　明州本、錢鈔注「莬」字作「䒠」。錢校同。姚校：「宋本作『䒠』。」余校同。」

〔七〕　方校：「案：卷五《中山經》：『半石之山，來需之水出其陽，多鯩魚，狀如鮒。合水出其陰，多䲢魚，狀如鱖。』此與《類篇》同譌。」

〔八〕　明州本、錢鈔注「輴」字作「輤」。龐校、錢校同。方校：「案：《類篇》同。《韻會》『輴』作『輤』。」

〔九〕　明州本、毛鈔、錢鈔注「䬞」字作「䬟」。段校、陳校、陸校、錢校同。方校：「案：『䬟』譌从夢，據宋本及《類篇》正。」姚校：「宋本『䬞』作『䬟』，是。影宋、韓校皆同。」某氏校：「字書無『䬞』字。《玉篇》：『䬟，風皃。』今據改。」

〔一〇〕　姚校：「余校『賢』作『能』。」衛校同。陳校：「『賢』，《説文》作『能』。」丁校同。方校：「案：『能』譌『賢』，據《説文》正。」

〔一一〕　明州本、毛鈔、錢鈔注「使」字作「倰」。余校、陳校、陸校、丁校、龐校同。方校：「案：『倰』譌『使』，據宋本及《易·屯卦辭》正。」姚校：「宋本『使』作『倰』，是。影宋、韓校皆同。」

〔一二〕　段校「𥨊」上補「𤸇」字。陸校同。

〔一三〕　明州本、毛鈔、錢鈔「扇」字作「䎸」。龐校、錢校同。姚校：「宋本作『䎸』。」

〔一四〕　方校：「案：『瞢』上誤从艸，據《説文·苜部》正。」

〔一五〕　方校：「案：《釋訓》音義：『萌字或作蕄。』則『蕄』亦不俗。《廣韻》引《爾雅》正作『蕄蕄』。」

〔一六〕明州本、毛鈔、錢鈔「鯇」字作「鯇」。陳校、龐校、錢校同。方校：「案：『鯇』譌从充，據《説文》正。《類篇》不誤。」

〔一七〕明州本、錢鈔注「鮔」字作「魴」。龐校、錢校同。姚校：「宋本『鮔』作『魴』。」按：潭州本、金州本、毛鈔作「鮔」，與《説文》同。方校：「案：注『鮔』當作『魱』，後『鮔』注放此。」

〔一八〕方校：「案：『菱』譌『蓃』，據《廣雅·釋詁二》正。」

〔一九〕明州本、潭州本、金州本、毛鈔、錢鈔「瞢」字作「瞢」，注同。陳校、陸校、龐校、錢校同。方校：「案：『瞢』譌从目，後徂稜切『瞢』注同，據宋本及《類篇》正。」姚校：「宋本『瞢』作『瞢』，是。影宋、余校皆同。覲元案：『瞢』亦當作『瞢』，『目』當作『日』。」按：顧氏重修本「瞢」字已正。

〔二〇〕方校：「案：二徐本『罔』作『网』。」按：《廣韻》作「網」。

〔二一〕明州本、錢鈔注「汎」字作「汎」。姚校：「宋本『汎』作『汎』。」余校同。

〔二二〕明州本、毛鈔、錢鈔注「囂」字作「囂」。

〔二三〕某氏校：「『禬』譌『禬』，注『禬』同。『襦』譌『襦』，以《類篇》校改。」按：明州本、金州本、毛鈔、錢鈔「禬」字正作「禬」，注同。又明州本、毛鈔、錢鈔注「襦」字作「襦」。陳校、陸校、龐校同。

〔二四〕方校：「案：『曾』譌『曽』，據《説文》正。『詞』當依《字鑑》作『詈』。」

〔二五〕顧校：「『瞢』字作『瞢』。」陳校、陸校同。

〔二六〕方校：「案：此與下胡登切凡从『亘』者竝當作『亙』。」

〔二七〕明州本、毛鈔、錢鈔「恒」字缺末筆。顧校、龐校、錢校同。韓校：「『恒』字缺末筆。」陳校：「《玉篇》作『死』，《類篇》作『死』。」姚校：「宋本次文作『𠨄』。」又明州本、毛鈔、錢鈔注「當」字作「常」。韓校、陸校、錢校同。方校：「案：《説文》『恒』作『𠀆』，隸當作『恆』。古文『恆』大徐本作『死』，誤。當从小徐本及《類篇》作『死』。『心』上二徐本有『一』字，段氏校删。『施恆』之『恆』，宋避真宗諱改『常』，傳寫者譌爲『當』耳。宋本作『常』，《類篇》作『恆』，疑《類篇》非當日真本也。」姚校：「『當』作『常』。影宋、韓校皆同。余校『心』上有『一』字。當作『恆』。」

〔二八〕明州本注「弜」作「弜」。錢校同。姚校：「宋本『弜』作『弜』。」余校同。」

〔二九〕方校：「案：『顭』當作『顭』，《類篇》亦誤。」按：明州本、潭州本、金州本、毛鈔、錢鈔「顭」字正作「顭」。龐校、錢校同。

〔三〇〕余校「弜」字作「引」。

〔三一〕明州本、錢鈔注「古作𠃋」作「士作乙」，誤。潭州本、金州本、毛鈔作「古作𠃋」。

〔三二〕方校：「案：『苰藤』譌『窈藤』，據《類篇》正。又《廣雅·釋艸》作『藤宏』。《玉篇》、《廣韻》竝作『藤苰』，此二字似當乙。」按：明州本、毛鈔、錢鈔「窈」字作「䆪」。陸校、龐校、錢校同。姚校：「宋本『窈』作『䆪』，是。段校『窈』作『弦』。」

〔三三〕明州本、潭州本、金州本、毛鈔、錢鈔注「懱」字作「㦹」。韓校、陳校、陸校、錢校同。方校：「案：『㦹』譌从心，據宋本及《説文》正。」姚校：「宋本『懱』作『㦹』。」

〔三四〕陳校：「《禮韻》入胡肱切。」

〔三五〕毛鈔「乁」作「乙」。段校「乁」作「乙」。姚校：「影宋『乁』作『乙』。」

十八尤

〔一〕方校：「案：『欲』下誤空一格。」潭州本、金州本同。按：顧氏重修本爲墨釘。明州本、毛鈔、錢鈔俱無墨釘或空格。錢校同。姚校：「韓校：『欲』、『出』二字連文。」

〔二〕明州本、毛鈔、錢鈔注「脏」字作「脏」，注同。龐校、錢校同。姚校：「宋本『脏』作『脏』。韓校同。」

〔三〕顧校「虫」作「蚩」。

［四］　明州本、毛鈔、錢鈔此字併注在「忧」下「郰」上。龐校、錢校同。方校：「案：此字宋本在『忧』下『郰』上。」姚校：「宋本此文在『郰』上。影宋、韓校皆同。」

［五］　毛鈔注「名」字作「也」。方校：「案：《說文》『名』作『也』，宋本同。」

［六］　方校：「案：『止』譌『土』，據《說文・木部》正。」按：明州本、金州本、毛鈔、錢鈔注「土」字正作「止」。汪校、陳校、馬校、龐校、錢校同。姚校：「宋本『土』作『止』。韓校同。」

［七］　明州本、毛鈔、錢鈔注「一」上有「从」字。龐校、錢校同。方校：「案：『一』上奪『从』字，據宋本及《說文》補。」

［八］　方校：「案：《說文》『名』作『也』。」按：明州本、錢鈔注「名」字正作「也」。錢校同。

［九］　明州本、錢鈔注「鵃」字作「鷅」。龐校、錢校同。按：潭州本、金州本、毛鈔作「鵃」，與《說文》合。

［一〇］　方校：「案：《類篇》『急』下有『也』字。」

［一一］　方校：「案：《類篇》『糾』作『料』，非。」

［一二］　毛鈔注「裒」字作「衰」。方校：「案：『衰』誤『裒』，據宋本及《說文》正。」姚校：「韓云：『[illegible]』誤『衰』。」

［一三］　丁校：「《毛詩》作『載弁俅俅』。又《爾雅》作『戴弁俅俅』。釋文云：『《說文》作絿。』」方校：「案：『弁服』，《毛詩》作『載弁』。《爾雅・釋訓》：『俅俅，服也。』注：『謂戴弁服。』釋文：『俅，本亦作絿，同。』《玉篇・頁部》作『戴弁頯頯』。」錢校：「『弁服』，《詩》作『載弁』。」

［一四］　方校：「案：此《正月》詩『執我仇仇』之異文。《篇》、《韻》『执，緩也』。」按：據某氏校，此汪遠孫語。

［一五］　明州本、金州本、毛鈔、錢鈔注「恕」字作「怨」。陳校、陸校、莫校、錢校同。方校：「案：『怨』譌『恕』，據宋本及《廣韻》正。」姚校：「宋本『恕』作『怨』，是。影宋、韓校皆同。」

［一六］　陳校：「『㕣』作『厶』，同。」

［一七］　方校：「案：《類篇》同。小徐本作『斂聚也』。毛刻『斂』譌『歛』，亦在『聚』上。」

［一八］　方校：「案：『鞠』譌从足，據《類篇》正。」

［一九］　明州本、毛鈔、錢鈔注「心」字作「匕」。陳校、陸校、龐校、錢校同。方校：「案：『匕』譌『心』，據宋本及《詩・大東》正。」姚校：「宋本『心』作『匕』。韓校同。」

［二〇］　明州本、毛鈔、錢鈔「頯」字作「頯」，注同。陳校、龐校同。方校：「案：『頯』譌『頯』，據《類篇》正。」

［二一］　方校：「案：『鼻』譌『皐』，『鼽』、『歍』譌『鼽』、『皼』，據《說文》、《類篇》正。『鼻窒』之『窒』，二徐本及《類篇》同，《篇》、《韻》竝引作『塞』。」

［二二］　方校：「案：『烌』譌『𤆍』，據《類篇》正。《爾雅・釋詁》音義：『烌』又作『求』。」按：明州本、毛鈔、錢鈔「𤆍」字正作「烌」。陳校、陸校、龐校、錢校同。姚校：「宋本作『烌』，是。影宋、韓校皆同。」

［二三］　明州本、毛鈔、錢鈔注「聲」字作「磬」。陳校、龐校、錢校同。方校：「案：『磬』譌『聲』，據宋本及大徐本正。《廣韻》《類篇》引同。段氏从小徐本無『磬』字。」姚校：「宋本『聲』作『磬』。韓校同。」

［二四］　方校：「案：二徐本及《類篇》同，段氏从《韻會》『戴』作『載』。」

［二五］　姚校：「段云：『《桓韻》作𣀀，从丸，胡官切。據《顏氏家訓》亢仇舊是禝𣀀亭，知字从九爲是。』《桓韻》係收訛字。」

［二六］　方校：「案：『也』字衍。汪氏云：『舍人本作中鳩。』」

［二七］　明州本、毛鈔、錢鈔注「蕣」字作「葬」。龐校、錢校同。姚校：「宋本『蕣』作『葬』。」

［二八］　陳校：「《釋文》引《說文》『裏』作『裏』，『表』作『裘』。」方校：「案：大徐本如此，《類篇》同。段氏校本从小徐本『裏』作『裏』，『表』作『裘』。」

［二九］　毛鈔注「槧」字作「槧」。不成字。

［三〇］　明州本、毛鈔、錢鈔注「蛇」字作「虵」。龐校、錢校同。姚校：「宋本『蛇』作『虵』。」

［三一］　陳校：「《類篇》从片。」方校：「案：《釋器下》作『槓梂』。」

［三二］　陳校：「見上，義當併。」

［三三］　明州本、毛鈔、錢鈔注「笄」字作「笄」。韓校、龐校、錢校同。方校：「案：『笄』訛从井，據宋本及《類篇》正。《玉篇》

『狹』作『髮』。」

〔三四〕明州本、金州本、毛鈔、錢鈔「幼」並从力，下同。陳校、龐校同。馬校：「宋凡从『幼』之字皆从『力』，局皆作『刀』。」

〔三五〕方校：「案：卷九《海外東經》『鷗』作『軀』，同。」

〔三六〕方校：「案：七篇《马部》作『甹』，或書作『甹』，下不从弓，亦不从巳。楚金説即見鼎臣本。『今《書》由作甹枿』作『今《尚書》只作由枿』。《類篇》無只字。『因』下有『省』字。《類篇》同。竝當據以補正。」按：明州本、毛鈔、錢鈔「甹」作「甹」。陳校、龐校、錢校同。姚校：「『今《書》由作甹枿』，宋本『甹』作『甹』。影宋注『由』作『只』，『甹』作『由』。竝是。韓校同。余校『弓』作『马』，是。韓校亦同。」

〔三七〕明州本、錢鈔注「㛿」字作「㽙」。

〔三八〕明州本。錢鈔注「杍」字作「抒」。馬校、錢校同。

〔三九〕明州本注「攸」字爲一墨釘，錢鈔空白。龐校：「『攸』字宋本留墨方未鐫。」按：潭州本、金州本、毛鈔作「攸」。

〔四〇〕方校：「案：《類篇》正文作『逌』，重文作『𠧟』。但本書後文别出『逌』字，此只當作『𠧟』。『𠧟』字與《説文》合，今从之。『氣』當作『气』。」

〔四一〕明州本、錢鈔注「掩」字作「淹」。

〔四二〕明州本、錢鈔「㑳」字作「㑳」，注同。顧校、陳校、陸校、龐校、錢校同。姚校：「宋本作『㑳』，是。段云：『宜作㑳。』」

〔四三〕方校：「案：《廣韻》『䚀』字作『䚀』，注：『下視深也。』《類篇》與此同，今仍之。」

〔四四〕方校：「案：《説文》：『璗，遺玉也。』當首『璗』，次『璗』。且因《説文》之訓，故引《山海經》，則《説文》亦當録。平丘有遺玉句見《海外北經》。」

〔四五〕明州本、毛鈔、錢鈔「遊」字作「游」，注「旒」字作「流」。陳校、龐校、錢校同。陸校：「脱『游』字，誤『遊』、『汓』。」方校：「案：『遊』當从《類篇》作『游』，『汓』乃『泅』字，不宜牽混。今考《類篇》夷周切：『游，旌旗之流也。』『斿，旌旗之旒。』『旇，《説文》旗旒謂之旇。』此三字訓義略同，當爲一類。『汓，浮行水上也』，或从囚作『泅』。此二字爲一類。

『遻，行也』，或从子作『迂』，或从斿作『遊』。此三字爲一類。如此分析則字訓犁然矣。『旒』，宋板《説文》作『流』。」

〔四六〕姚校：「宋本正文作『游』，注『旒』字作『流』，是。」

〔四七〕余校作「遙」。方校：「案：二徐本『遙』作『遙』。」按：明州本、錢鈔「遙」作「遙」。龐校同。

〔四八〕方校：「案：《類篇》『所』作『行』，誤。」

〔四九〕陳校：「《廣韻》作『莤』。」

〔五〇〕明州本、錢鈔注「于」字作「手」，誤。潭州本、金州本、毛鈔作「于」。

〔五一〕方校：「案：二徐本無『山』字。」

〔五二〕陳校：「『禉』當作『酒』。」

〔五三〕黄彭年校：「彭年按：《説文》：『䌛，䌛或从䌛。』段注：『或當作也。䌛、䌛二字轉注。』段又云：『二字一化聲，一䌛聲，其義則同。』《龍龕手鑑》䌛音由，蓋本潘岳《射雉賦》注及唐吕温賦。五禾反本《説文》。詳見段注《説文》。」

〔五四〕姚校：「吕云：『䌛與䌛義同字異。《説文》、《廣雅》、《玉篇》、《廣韻》、《集韻》竝合䌛、䌛爲一字，非也。䌛从化聲，讀若訛；䌛，䌛聲，讀若由。二字不同甚明。《龍龕手鑑》䌛音由，䌛音五禾反，與《説文》等異，當别有據。』」

〔五五〕陳校：「『在』當作『左』。」按：《玉篇·邑部》：「邮，與鳩切，左馮翊高陵縣有邮亭，又音笛。」陳校或是。

〔五六〕方校：「案：《釋蟲》無『也』字，此衍。」

〔五七〕明州本、毛鈔、錢鈔注「蜹」字作「蚴」。誤。錢校同。潭州本、金州本作「蜹」，不誤。

〔五八〕明州本、毛鈔、錢鈔注「羸」字作「羸」。衛校、陳校、陸校、龐校、錢校同。丁校據《爾雅》改「羸」。方校：「案：『羸』譌从羊，據宋本及《爾雅·釋蟲》正。」姚校：「宋本『羸』作『羸』，是。韓校同。」

〔五九〕方校：「案：『㑳』下奪『然』字，『軌』譌『邍』，據《莊子·大宗師》音義補正。」按：某氏校本以此爲汪遠孫説。

〔五八〕姚校：「余校作『濟』。」方校：「案：『濟』譌『齊』，據陳知、于嬌、何交三音注正。」

〔五九〕明州本、毛鈔、錢鈔注下「㭋」字作「杦」。龐校、錢校同。姚校：「宋本次『㭋』字作『杦』。」誤。潭州本、金州本、《山海經·東山經》作「㟗」。

[六〇]　方校：「嚴氏云：『本且旁皆作目。』」某氏校：「『本』上疑奪『宋』字。」按：明州本、潭州本、金州本、毛鈔、錢鈔「疇」字作「疇」。此亦段氏校語。

[六一]　明州本、錢鈔注「䀇」字作「䑀」。龐校、錢校同。誤。潭州本、金州本、毛鈔作「䀇」。

[六二]　明州本、金州本、毛鈔、錢鈔注「幼」字作「幻」。陳校、馬校、龐校、錢校同。方校：「案：『幻』譌『幼』。據宋本及《説文》正。」姚校：「宋本『幼』作『幻』，是。」余校、韓校皆同。鈕云：「『幼宜作幻。』」

[六三]　方校：「案：《説文》：『盩，从㚔，攴見血也。』此下从皿，非。」按：毛鈔「盩」字作「盩」。錢校同。姚校：「宋本『盩』作『盩』。」韓校同。」

[六四]　明州本、毛鈔、錢鈔注「菲」字作「菲」。龐校、錢校同。方校：「案：『菲』譌『菲』。《類篇》同，據宋本正。」按：潭州本、金州本作「菲」。

[六五]　方校：「案：《説文》『擂』字作『擂』。」

[六六]　方校：「案：『脩』譌『脩』。據《説文》正。段氏校本作『脩』。」按：明州本、毛鈔、錢鈔「脩」字作「脩」。陳校、馬校、陸校、錢校同。姚校：「宋本『脩』作『脩』。」

[六七]　毛鈔「畧」字作「畧」。馬校：「『畧』，局亦誤作『畧』。」

[六八]　錢鈔「眏」字作「眏」。龐校、錢校同。

[六九]　明州本、毛鈔、錢鈔注「瑕」字作「瑕」。韓校、龐校、錢校同。姚校：「宋本『瑕』作『瑕』，是。覲元案：此字今本已正。」按：潭州本、金州本作「瑕」。

[七〇]　陳校：「《山海經刊誤》：當从魚，見《玉篇》。」方校：「案：卷三《北山經》同。畢氏云：『依義當爲儵，儵借音字。』」

[七一]　明州本、毛鈔、錢鈔「倏」作「儵」。龐校、錢校同。方校：「案：『倏』譌从大。宋本并譌从火，據《類篇》正。」姚校：「宋本作『倏』，是。韓校同。」按：潭州本、金州本作「倏」，非。明州本作「倏」，亦非。陳校作「倏」。馬校：「局作『倏』，亦誤。當作『倏』。」

[七二]　明州本、毛鈔、錢鈔此字並注在「畧」下「㑹」上。陸校、方校、龐校、姚校、錢校同。

[七三]　按：《類篇·人部》同。《説文》、《玉篇》、《廣韻》、《類篇》均未見「翢」字，竊疑是「翿」字之誤。《説文·羽部》：「翿，翳也。所以舞也。」伯二〇一一：「儔，類。古作翿字。」可證。

[七四]　明州本、毛鈔、錢鈔注「五」字作「三」。錢校同。方校：「案：宋本『五』作『三』，誤。」

[七五]　明州本、毛鈔、錢鈔注「朗」字作「朗」。陳校、龐校、錢校同。方校：「案：嚴氏謂宋本『朗』缺二筆，毛鈔不缺，非也。此『朗』从力，亦非。」姚校：「宋本『朗』作『朗』，是。韓校同。段云：『當作朗，缺二筆，避聖祖諱也。』宋本作『朗』，不缺畫，影寫之誤。」

[七六]　方校：「案：《釋訓》作『躊』，凡从『壽』者放此。」

[七七]　陸校：「『禪』作『禪』。」

[七八]　馬氏所據影宋抄本注「繆」字作「妙」。云：「『妙』，局作『繆』，《説文》亦作『繆』。《詩》毛傳『綢』訓密，則『綢』亦有妙義，古本《説文》如是，未可知也。」按：明州本、潭州本、金州本、毛鈔、錢鈔注皆作「繆」字，類書、古注引《説文》亦無訓「繆」爲妙者，馬氏所據本未可从。

[七九]　方校：「案：《説文》『噕』，不从二工，下从白。『白』亦『自』字，不从白。『詞』當作『詈』。」

[八〇]　陳校作「噕」。方校：「案：《説文》『噕』，从口噕，又聲。不从寸。」

[八一]　明州本、錢鈔注「凋」字作「凋」。錢校同。按：潭州本、金州本、毛鈔作「凋」。《廣韻》：「椆，木名，不凋。」字亦作「凋」。

[八二]　方校：「案：《説文》作『鬗』，當以『鬗』爲或體。」

[八三]　方校：「案：『每』譌『毋』，據《周禮·春官·司几筵》正。釋文：『敦，劉音疇。』」按：明州本、錢鈔注「毋」字作「每」，「几」作「凡」。錢校同。姚校：「宋本『毋』作『每』，是。」潭州本、金州本、毛鈔作「几」，與《周禮》同。

[八四] 方校：「案：『𣪊』譌从口，據《說文》及《類篇》正。」按：明州本、毛鈔「㱿」字作「𣪊」。龐校、姚校、錢校同。

[八五] 明州本、錢鈔「留」字作「留」。龐校、錢校同。姚校：「『留』，宋本作『留』，是。余校同。」

[八六] 方校：「案：『逗』譌『豆』，據《後漢書·光武紀》正。」

[八七] 方校：「案：《說文》『鐂』作『鐂』，段氏依楚金説改『鏐』。」

[八八] 陳校从門不从鬥。丁校據《說文》改从鬥。方校：「案：『鬭』譌从門，據《說文》正。」姚校：「余校作『鬭』。」按：《廣韻》亦作「鬭」。

[八九] 陳校：「『劦』，《類篇》作『劦』，从二『力』。」

[九〇] 明州本、毛鈔、錢鈔「鉚」作「鉚」。

[九一] 方校：「案：《釋天》『旒』皆作『斿』，『斿』作『斿』，當據正。《類篇》『斿』字不誤。」按：明州本、錢鈔注四「旒」字並作「斿」。龐校、錢校同。姚校：「宋本注『九旒』作『斿』。」毛鈔「旒」字白塗作「㫃」。

[九二] 陳校：「『五』，《廣雅》作『三』。」

[九三] 明州本、錢鈔注「饋」字作「饋」。龐校同。誤。潭州本、金州本、毛鈔作「饋」，與《爾雅·釋言》「餾，稔也」郭注同。

[九四] 明州本、錢鈔注「莯」字作「莯」。龐校、錢校同。按：潭州本、金州本、毛鈔作「莯」，與《說文》同。

[九五] 明州本、錢鈔注「岣」字作「岣」。龐校、錢校同。誤。陳校：「《類篇》作『岣』，誤。」

[九六] 方校：「案：《類篇》『石』作『若』。『若榴』見左思《蜀都賦》。」按：明州本、錢鈔注「石」字正作「若」。龐校、錢校同。

[九七] 姚校：「宋本『石』作『若』。覲元按：疑當作『若』。」

[九八] 《廣韻》「藤」下有「名」字，「木」下無「而」字，句末有「其花實似蒟醬」六字。

[九九] 方校：「汪氏云：『《爾雅》『劉杙』在《釋木》。』」

[九九] 明州本、潭州本、金州本、毛鈔、錢鈔注「鷚」下「大」字作「天」。韓校、陳校、陸校、龐校、錢校同。方校：「案：『天』譌『大』，據宋本及《釋鳥》正。」姚校：「宋本『大』作『天』，是。影宋同。」

[一〇〇] 陳校：「離，《爾雅》作『鶹』。」

[一〇一] 馬校：「『朝生暮死』下當有『或从斿』三字。」

[一〇二] 明州本、錢鈔注下「漻」字作「沭」。龐校、錢校同。姚校：「宋本次『漻』作『沭』。」

[一〇三] 明州本、毛鈔、錢鈔注「蟹」字作「蟹」。龐校同。

[一〇四] 《說文》見《虫部》，鉉音力幽切。按：《廣韻》此字入《幽韻》。

[一〇五] 姚校：「段云：『萬宜作萬。』」衛校、陸校、丁校同。方校：「案：『萬』譌『萬』，據《考工記·輪人》注正。」

[一〇六] 姚校：「宋本『聊』作『聊』。余校同。」

[一〇七] 方校：「案：《類篇》『犁』作『犂』。」

[一〇八] 明州本、毛鈔、錢鈔注「瑖」字作「瑖」。龐校、錢校同。方校：「案：『瑖』譌从段，據《類篇》正。汪氏云：『案：《左傳·襄三十年》瑖、廖，二人名，此似誤爲一人。』」

[一〇九] 方校：「案：『鷚』中譌从弋，據《類篇》正。」按：明州本、毛鈔、錢鈔「鷚」字正作「鷚」。陳校、錢校同。姚校：「宋本作『鷚』。余校同。」

[一一〇] 按：此即前之「劉」字，當合併。

[一一一] 明州本、毛鈔、錢鈔此字併注在「橊」下「劉」上。陸校、龐校、姚校、錢校同。方校：「案：宋本在『橊』下『劉』上。」

[一一二] 明州本、毛鈔、錢鈔「𥻿」字作「𥻿」，注「汌」字作「泔」。衛校、陳校、龐校、錢校同。丁校據《說文》改「汌」作「泔」。

方校：「案：『𥻿』當从《類篇》作『𥻿』。『汌』當从宋本作『泔』。汪氏云：『《說文》：滫，久泔也。《禮·內則》注𥻿讀與滫瀡之滫同。丁氏因合爲一。但引《說文》，自當以滫爲正。』」

[一一三] 方校：「案：『鋇』譌『鉏』，據《廣雅·釋器下》正。《類篇》作『鋇鋋』，尤誤。」

[一一四] 陳校：「『三』，《類篇》作『之』，譌。」

[一一五] 方校：「案：『乾』譌『説』，據《類篇》及《詩·王風·中谷有蓷》釋文正。」按：明州本、錢鈔「説」字正作「乾」。龐

校、錢校同。姚校：「段云：宜作『《説文》苗也』，少二字，非。」陸校同。莫校：「《爾雅》亦有『蓨，苗』。」

［一一六］明州本、毛鈔注「腊」字作「腊」。錢校同。姚校：「宋本『腊』作『腊』。」

［一一七］明州本、錢鈔注「悴」字作「倅」。龐校、錢校同。

［一一八］明州本、錢鈔「穐」字作「龝」。錢校同。龐校：「並从『龜』。」姚校：「宋本作『龝』，注同。」

［一一九］姚校：「段云：『㪅宜作㪅。』」方校：「案：『㪅』譌『㪅』，據《類篇》正。」

［一二〇］明州本、錢鈔注「足」作「是」，非。

［一二一］明州本、毛鈔、錢鈔「㕭」字作「鳩」。注同。韓校、龐校同。

［一二二］明州本、毛鈔注「鶖」字作「雞」。龐校、錢校同。馬校：「『雞』局作『鶖』，下將由切作『鶖』。」

［一二三］明州本、錢鈔注「閟」字作「閉」。陳校、龐校、錢校同。又「湫」字作「秋」。陳校同。

［一二四］段校「厎」改「底」。方校：「案：『底』譌从厂，據《類篇》正。」按：明州本、錢鈔注「底」字作「厎」。陳校同。

［一二五］方校：「案：『鰽』下奪『鰌』字，據《廣雅・釋魚》補。」按：衛校、丁校謂「鰽」下有「鯪鯉」二字，非。此二字爲另一條。

［一二六］方校：「案：『鯉』譌『鱧』，『大』譌『犬』，據《山海經》四《東山經》正。又『大首』上《經》有『而』字。」按：《山海經・東山經》「之」字作「者」。

［一二七］明州本、錢鈔注「收」字作「妆」。龐校：「誤。」按：《説文・角部》：「觩，惟射收繳具。」此「收」上脱「惟射」二字。下字秋切「觩」字注，《類篇》亦有，當補。

［一二八］方校：「汪氏云：『《爾雅・釋魚》：鼁䵹，蟾諸。釋文：鼁，起據反；䵹音秋。《説文》：兂鼁，詹諸也。其鳴詹諸，其皮鼁鼁，其行兂兂。鼁或从酋。疑《爾雅》本作兂䵹，兂譌去，淺人又加黽耳。』」按：明州本、錢鈔「鼁」字作「鼀」，注同。龐校、錢校同。

［一二九］明州本、毛鈔、錢鈔注「鼀」作「鼁」。顧校、陳校、龐校、莫校、錢校同。方校：「案：《釋蟲》『鼀』作『鼁』，宋本同。

今正。」姚校：「宋本『鼀』作『鼁』。韓校同。」

［一三〇］明州本、錢鈔注「岷」字作「岷」。龐校、錢校同。姚校：「宋本『岷』字作『岷』。」方校：「案：此見卷五《中山經》，『中車材』三字係郭注。」

［一三一］方校：「案：『迫』譌『白』，據《説文》及《楚辭・招魂》注正。」

［一三二］陳校：「『揂』从手。」方校：「案：『揂』譌从木，《類篇》同，據《説文・手部》正。」

［一三三］按：《漢書・地理志》涿郡有廼縣。顔注：「廼，古遒字，音自由反。」據此，注「涿」字當作「涿」。

［一三四］方校：「案：『鶩』譌『鶩』，據《類篇・朮部》正。」按：明州本、金州本、毛鈔、錢鈔「鶩」字正作「鶩」。顧校、陳校、陸校、龐校、錢校同。姚校：「宋本作『鶩』，是。余校同。」下字秋切亦作「鶩」。

［一三五］明州本、錢鈔注「收」字作「牧」。龐校、錢校同。毛鈔作「收」，非。潭州本、金州本作「收」，與《説文》同。

［一三六］明州本、潭州本、金州本、毛鈔、錢鈔「瞄」字作「聕」。陳校、陸校、錢校同。方校：「案：『聕』譌从目，據宋本及《玉篇》正。」姚校：「宋本『瞄』作『聕』，是。韓校同。」

［一三七］方校：「案：《説文》作『㗊』，當以『啾』爲或體。」

［一三八］《類篇・豸部》同。下字秋切「猶」字訓作良犬。

［一三九］衛校：「此句《廣韻》作『頂上有細骨如禽毛』。」丁校、方校同。

［一四〇］姚校：「段云：『《鐸韻》作螪蟭，此恐誤。』嚴校：『《鐸韻》作螪。』」方校：「案：『螪』譌『螪』，據《類篇》正。」

［一四一］方校：「案：《類篇》『宨』作『空』，而本書《四質》『窯』注與此同，今仍之。」按：明州本、錢鈔注「宨」字作「空」。龐校、錢校同。姚校：「宋本『宨』作『空』，是。余校同。」

［一四二］《漢書・地理志》臨淮郡有厹猶縣。字作「厹猶」。

［一四三］明州本、錢鈔注「滓」字作「滓」。錢校同。按：潭州本、金州本、毛鈔作「滓」，與《類篇》同。

［一四四］明州本、錢鈔注「字」作「兹」。龐校、錢校同。姚校：「宋本『字』作『兹』。」按：此字爲從組，作「字」字是。潭州本、

金州本、毛鈔作「字」。

[一四五] 方校：「案：今本《廣雅》未見，王氏據此及《類篇》坿録於《釋言》後。『酒』當从《類篇》作『滋』。」按：明州本、錢鈔注「酒」字作「滋」。龐校、錢校同。姚校：「宋本『酒』作『滋』。」

[一四六] 陳校：「『愐』，《廣韻》作『慉』。」方校：「案：『慉』譌『愐』，《類篇》同。據《廣雅・釋詁三》及注文正。」姚校：「宋本『愐』作『慉』。余校同。」

[一四七] 丁校據《說文》「惟」改「雔」。明州本、毛鈔、錢鈔注「惟」字作「雔」。余校、衛校、顧校、陸校、龐校、莫校、錢校同。方校：「案：『雔』譌『惟』，據宋本及《說文》正。」姚校：「宋本『惟』作『雔』，是。影宋、韓校皆同。」潭州本、金州本上少一點，當是壞字。

[一四八] 明州本、毛鈔、錢鈔注「隸」字作「或」。龐校、錢校同。方校：「案：宋本『隸』作『或』。」姚校：「宋本『隸』作『或』。韓校同。」

[一四九] 明州本、潭州本、金州本、毛鈔、錢鈔注「口」字作「尸」。陳校、陸校、龐校、錢校同。方校：「案：『尸』譌『口』，據宋本及《類篇》、《韻會》正。」姚校：「宋本『口』作『尸』。韓校同。」

[一五〇] 方校：「嚴氏云：『段先生云：《類篇》亦云攸，縣名。《宋書》、《晉書》、《元和志》、《通典》皆作攸縣。葢其字作攸，音收，俗作攸，而丁度等从之。汲古閣《漢書・地理志》長沙國下作收，以音改字。檢宋本《漢志》作攸，孟康音收。』珪案：明萬曆前、後《漢志》亦皆不誤。」

[一五一] 陳校作「蚩」。方校：「案：『蚩』譌『蚩』，據《類篇》正。」

[一五二] 方校：「案：『周』、『周』譌『周』、『周』。據《說文》及《類篇》正。」按：明州本、錢鈔「周」字作「周」，注同。陳校、龐校、錢校同。毛鈔「周」字作「周」。段校：「『周』，宋本粉涂，『口』字未補。」

[一五三] 方校：「案：《說文》『凬』作『𠙊』。當據正。《類篇》正文作『凬』，注文作『凬』，竝誤。」按：明州本、毛鈔、錢鈔「凬」字作「凬」，注同。錢校同。

[一五四] 毛鈔注「校」字作「敉」。韓校同。馬校：「『敉』，局作『校』。」方校：「案：《類篇》同。宋本『校』作『敉』，誤。」

[一五五] 方校：「案：卷二《西山經》作『冉遺之魚』。」

[一五六] 明州本、金州本、毛鈔、錢鈔「硼」字作「硧」。陳校、龐校、錢校同。方校：「案：『硧』譌从羽，據宋本及《類篇》正。」姚校：「宋本『硼』作『硧』，是。余校、韓校皆作『硧』。」

[一五七] 方校：「案：古體當从《類篇》作『居』。」

[一五八] 方校：「案：《類篇》『憂』入《夂部》，今據正。」

[一五九] 明州本、錢鈔注「田」字作「曰」。錢校同。非。潭州本、金州本、毛鈔作「田」，與《說文》合。

[一六〇] 明州本、錢鈔注「之」字作「又」。錢校同。姚校：「宋本『之』作『又』。」按：潭州本、金州本、毛鈔作「之」，與《說文》合。

[一六一] 明州本、毛鈔、錢鈔「瓇」字作「瓇」。龐校同。姚校：「宋本『瓇』作『瓇』。韓校同。」

[一六二] 明州本、潭州本、金州本、毛鈔、錢鈔注「篗」字作「篗」。龐校、錢校同。方校：「案：『篗』譌『篗』，據宋本及《類篇》正。」姚校：「宋本『篗』作『篗』，是。」

[一六三] 明州本、錢鈔注「鬛」字作「鬣」。龐校、錢校同。姚校：「宋本『鬛』作『鬣』。韓校同。」

[一六四] 明州本、毛鈔、錢鈔注「鬛」字作「鬣」。龐校、錢校同。又明州本、潭州本、金州本、毛鈔、錢鈔注「曰」字上有「一」字。陳校、陸校、龐校、錢校同。方校：「案：『鬣』譌『鬛』，『曰』上奪『一』字，據宋本及《類篇》正。」姚校：「宋本『曰』上有『一』字。」

[一六五] 明州本、潭州本、金州本、毛鈔、錢鈔「憂」字作「憂」。錢校同。姚校：「宋本『憂』作『憂』。韓校同。」

[一六六] 方校：「案：『獮』譌『彌』，據《類篇》及陸璣《詩疏》正。」

[一六七] 明州本、錢鈔「雒」字作「雒」。錢校同。姚校：「『雒』，宋本作『雒』。」

[一六八] 明州本、毛鈔、錢鈔「鞍」字作「鞍」，注同。龐校、錢校同。方校：「案：『鞍』譌『鞍』，據宋本及《類篇》正。」姚校：

「宋本『轂』作『轂』。韓校同。」

［一六九］明州本、錢鈔注「廋」字作「廋」。龐校、錢校同。方校：「案：此見《釋言》。注『廋』宋本作『庈』，或『廋』字之譌。」姚校：「宋本正文及注並作『庈』。韓校同。影宋注『庈』作『庈』。覲元案：影宋影寫有誤。」按：蒙所見毛鈔注作「廋」。明州本、錢鈔正文亦作「廋」。

［一七〇］丁校據《説文》「慮」作「藘」。方校：「案：『藘』譌『慮』。據《説文》正。」按：明州本、毛鈔、錢鈔注「慮」字正作「藘」。

［一七一］按：《説文》「染」字作「染」。此誤。

［一七二］明州本、錢鈔注「汪」字作「注」。錢校同。非。潭州本、金州本、毛鈔作「汪」，與《説文》合。

［一七三］方校：「案：《類篇》『茫』作『芒』，與《魯語》及《左傳・文十一年》釋文合。段氏校本从之。」

［一七四］明州本、錢鈔注「不」字作「一」。錢校同。按：潭州本、金州本、毛鈔作「不」，與《廣韻》合。

［一七五］汪校作「馬金耳飾」，云：「『金』『飾』从《廣韻》增。」方校：「案：《玉篇》：『鋑，鍽也。』謂『鏉鍽，鐵銼』。其訓馬首飾者，字正作『鋑』，亡犯切。此沿《廣韻》之譌。《類篇》『馬耳』下有『飾』字，陳侍御云：『當作馬金耳飾也。』」

［一七六］方校：「案：此見《廣雅・釋訓》，『颾』『颾』竝叠字。」

［一七七］按：《説文・牛部》有「犙」字，似當以「犙」字爲正。又从牛之字當作「牜」，作「犭」非。

［一七八］方校：「案：《説文》篆作『狻』，注大徐本與此同。小徐本依篆體，當从小徐。『獿』當作『獿』。」

［一七九］明州本、毛鈔、錢鈔注「蛷」字作「蛷」，段校、陳校、陸校、龐校、錢校同。方校：「案：『蛷』譌『蛷』，據宋本及《廣雅・釋蟲》正。」姚校：「宋本『蛷』作『蛷』，是。影宋、韓校同。」按：潭州本、金州本作「蛷」，缺點，當是壞字。

［一八〇］毛鈔注「浙」字作「淅」。陳校、陸校、錢校同。方校：「案：『淅』譌『浙』，據宋本及《類篇》正。」

［一八一］方校：「案：當从《類篇》作『莯蒦』。」

［一八二］按：《廣韻》「騪」字作「駿」，注云：「騊駿，蕃中大馬。」

［一八三］方校：「案：今《廣雅》未見。王氏據此及《類篇》坿録於《釋言》後。又《釋器上》有『椈，枸也』之訓，或傳寫者譌从木爲从手耳。」按：此小韻末有『椈』字。

［一八四］明州本、錢鈔注「揂」字作「揂」。龐校同。非。潭州本、金州本、毛鈔作「揂」。

［一八五］方校：「案：『篗』上奪『筝』字，據《釋器下》補。」

［一八六］明州本、錢鈔注「漉」字作「漉」。龐校、錢校同。姚校：「宋本『漉』作『漉』。」

［一八七］方校：「案：『諑』譌『謬』，《類篇》同。然《類篇・言部》無『謬』字。今據《七櫛》測乙切校定。」按：《廣韻》：「謅，諑諑。陰私小言。」字作「諑」。

［一八八］明州本、潭州本、金州本、毛鈔、錢鈔注「畄」字作「畄」。陳校、陸校、龐校、錢校同。方校：「案：『畄』譌『畄』，據宋本正。《類篇》不誤。」姚校：「宋本『畄』作『畄』，是。」

［一八九］方校：「案：『邑』譌『國』，據《類篇》正。」明州本、毛鈔、錢鈔注「國」字正作「邑」。龐校、錢校同。姚校：「宋本『國』作『邑』，是。韓校同。吕云：『宜作邑。』」

［一九〇］丁校據《説文》改「齰」作「齰」。按：明州本、金州本、毛鈔、錢鈔注「齰」字作「齰」。陳校、龐校、錢校同。又無末「也」字。陸校、龐校、莫校、錢校同。方校：「案：『齰』譌『齰』，據宋本及《説文》正。二徐本『槩』竝作『槩』。當據此及《玉篇》、《類篇》正之。」姚校：「宋本『齰』作『齰』，是。余校、韓校皆同。又無末『也』字。余校『槩』作『槩』。」

［一九一］方校：「案：《玉篇》訓同。《類篇》『足』作『走』。」

［一九二］明州本、潭州本、金州本、毛鈔、錢鈔注「廄」字作「庝」。龐校、錢校同。

［一九三］明州本、潭州本、金州本、毛鈔、錢鈔「餿」字作「餿」。段校、陸校、龐校、錢校同。方校：「案：『餿』譌『餿』，據宋本及《類篇》正。」姚校：「宋本『餿』作『餿』。」

［一九四］明州本、毛鈔、錢鈔注「名」字作「也」。龐校、錢校同。方校：「案：宋本『名』作『也』。」姚校：「宋本『名』作『也』。韓校同。」

［一九五］　某氏校：「《説文》篆本作『烋』，不得以爲或體。《類篇》與此同。」

［一九六］　方校：「案：《説文》『漇』作『漇』，『氣』作『气』。」

［一九七］　明州本、毛鈔、錢鈔注「佳」字作「隹」。段校、陳校、陸校、龐校、錢校同。方校：「案：『隹』譌『佳』。據宋本及《爾雅·釋鳥》正。」姚校：「宋本『佳』作『隹』，是。影宋、余校、韓校皆同。」

［一九八］　明州本、毛鈔、錢鈔「㲉」字作「㲉」。龐校、錢校同。姚校：「宋本『㲉』作『㲉』。」

［一九九］　馬校：「『氿』，局作『氿』，誤。」方校：「案：『氿』當从二徐本作『氿』。『氿』與『汎』同。」

［二〇〇］　明州本、潭州本、金州本、毛鈔、錢鈔注「遒」字作「道」。衛校、陳校、龐校、莫校、錢校同。衛校「邑」作「氏」。丁校據《漢書·地理志》及《續漢書·郡國志》改「邑遒」作「氏道」。方校：「案：『剛邑』，二徐本及《類篇》同。據二《志》當作『氏』。『道』譌『遒』。據宋本及《説文》正。」姚校：「宋本『遒』作『道』，是。余校、韓校皆同。鈕云：『遒宜作道。』」

［二〇一］　明州本、毛鈔、錢鈔注「犬」字作「大」。陳校、陸校、錢校同。方校：「案：『大』譌『犬』，據宋本及《類篇》正。《類篇》『杖』作『枚』，亦誤。」姚校：「宋本『犬』作『大』。」韓校同。」

［二〇二］　明州本、潭州本、金州本、毛鈔、錢鈔「蠹」字作「蠹」。韓校、陳校、龐校、錢校同。方校：「案：『蠹』中譌从水，據宋本及《説文》正。」姚校：「宋本『蠹』作『蠹』，从木，是。」

［二〇三］　陳校：「『裦』中从子，《類篇》作『裦』，譌。」按：姚刻三種《類篇》不譌。方校：「案：《類篇》『裦』作『裦』。據《十九矦》蒲矦切以『裒』作『裦』爲非，則當作『裦』。」

［二〇四］　陳校：「『芃』當作『梵』，从凡。」

［二〇五］　按：《説文·缶部》：「㲉，未燒瓦也。从缶，㱿聲。」字當作「㲉」。參見去聲《候韻》丘候切「罄」字。

［二〇六］　陳校：「《廣韻》作『瘳，痳作聲。』」

［二〇七］　明州本、毛鈔、錢鈔「䫀」字作「箰」。陳校、龐校、錢校同。丁校據《類篇》改「䫀」爲「箰」。方校：「案：『箰』譌『䫀』，據宋本及《類篇》正。」姚校：「宋本正文作『箰』，是。韓校同。」

十九矦

［一］　陳校：「『矦』作『侯』，同。」

［二］　方校：「案：兩『麜』字竝譌从麻，『惑』譌『感』，『王』譌『正』，竝據《説文》正。『猴』當从《類篇》改『㺅』，宋本作『㺅』，亦非。」按：明州本「熊」作「能」。龐校、錢校同。潭州本、金州本、毛鈔、錢鈔俱作「熊」。陳校、陸校「麜」字作「麜」。又明州本、金州本、毛鈔、錢鈔注「感」字正作「惑」。龐校、錢校同。又明州本、潭州本、金州本、毛鈔、錢鈔注「正」字作「王」。段校、陳校、陸校、龐校、錢校同。又明州本、毛鈔、錢鈔注「猴」字作「㺅」。段校、陳校、陸校、龐校、錢校同。姚校：「宋本『熊』作『能』，又『麜』作『麜』，是。余校同。又『正』作『王』，是。余校、韓校同。又『猴』作『㺅』。影宋、韓校皆同。」段校：「『麜』宜作『麜』。」某氏校引嚴云：「當作『㺅』，宋本作『㺅』，亦非。」

［三］　明州本、毛鈔、錢鈔注「憂」字作「憂」。錢校同。誤。按：潭州本、金州本作「憂」。

［四］　陳校：「『鉗』，《類篇》作『鎧』。」

［五］　余校、韓校注「揚」字作「大」。據《廣韻》改。

［六］　方校：「案：『成』譌『城』，《類篇》同，據《廣韻》正。」

［七］　明州本、錢鈔注「宫」字作「言」。錢校同。誤。潭州本、金州本、毛鈔作「宫」，與《方言》合。

［八］　方校：「案：《方言》八無『之間』二字。《類篇》、《埤雅》引《方言》竝與此同。」

［九］　明州本、毛鈔、錢鈔「覯」字作「覯」。錢校：「『冓』字皆同。」

［一〇］　方校：「案：《類篇》『皃』作『也』。」

〔一一〕明州本、毛鈔注「頸」字作「頸」。段校、龐校、錢校同。方校：「案：『頸』當从宋本及《類篇》作『頸』。後當侯切作『頸』，亦誤。」姚校：「宋本『頸』作『頸』。韓校同。」

〔一二〕余校「籠」作「籠」。

〔一三〕按：前《虞韻》邕俱切「褔」字作「梟頭衣」，同韻春朱切、上聲《厚韻》於口切同。又上聲《噳韻》委羽切作「編梟衣」。

〔一四〕明州本、毛鈔、錢鈔注「揄」字作「榆」。汪校、陸校同。方校：「案：『榆』譌从手，據宋本及《釋木》注正。」

〔一五〕方校：「案：『筋』譌『觔』，據《類篇》正。」

〔一六〕明州本、毛鈔注「偃」字作「偃」。錢鈔空白。潭州本、金州本作「偃」。

〔一七〕方校：「案：『恴』譌『恴』，據《說文》、《類篇》正。」

〔一八〕按：據《說文・弓部》字當作「㲄」。

〔一九〕明州本、錢鈔注「喪」字作「喪」。錢校同。

〔二〇〕按：《廣韻》：「韝，射韝，臂捍也。」《史記・滑稽列傳》：「髡帣韝鞠曆，侍酒於前。」集解：「韝，臂捍也。音溝。」索隱：「韝，音溝，臂扞也。」此「捍臂」當乙作「臂捍」。

〔二一〕方校：「案：此見《公羊・桓十二年》。《左氏》作『曲池』。」

〔二二〕明州本、潭州本、毛鈔、錢鈔注「絹」字作「絇」。

〔二三〕顧校「从『鼻』之字作从『皁』。」與明州本、潭州本、金州本、毛鈔、錢鈔合。

〔二四〕方校：「案：《廣韻》引作『關西呼鐮爲刎也』。二徐本與此同。」

〔二五〕方校：「案：《說文》作『冓』，邯冓節侯偃見《漢・王子侯表下》。《類篇》『邯』作『郇』，非。」某氏校：「凡从『冓』者，當如此。」

〔二六〕明州本、毛鈔、錢鈔注「褻」字作「衰」。段校、陸校、龐校、錢校同。方校：「案：『衰』譌『褻』，據《儀禮。喪服記》正。」姚校：「宋本『褻』作『衰』，是。影宋、韓校皆同。」

〔二七〕方校：「案：『禪』譌『單』，《類篇》同。據《廣韻》及《釋名・釋衣服》正。」按：唐寫本韻書殘卷有作「單」者。見伯二〇一一、王韻。

〔二八〕方校：「段氏云：『衍以字，《方言》五、《廣雅・釋器上》可證。』」

〔二九〕方校：「案：《廣雅・釋艸》『枝』作『支』，古『支』、『枝』通用。」

〔三〇〕陳校：「『鼅』作『鼅』，同。」

〔三一〕潭州本、金州本、毛鈔注作「鵅」，明州本、錢鈔作「鵅」。方校：「案：《爾雅》『鵅，鵋鵙』。注：『今江東呼鵂鶹爲鵋鵙，亦謂之鵅鵅。』」按：「郭注音格。釋文：鵅，古客反，注同。」則字當作「鵅」，从各。

〔三二〕方校：「案：此與《匈奴傳》合，《類篇》『湖』作『胡』，非。」

〔三三〕陳校：「从鬥。从門非。」方校：「案：『鬮』、『鬭』竝譌从門，中『龜』、『斲』結體亦誤。據《說文》正。」按：明州本、毛鈔、錢鈔「鬮」字作「鬮」，注「鬬」字作「鬭」。龐校、錢校同。姚校：「宋本『鬮』作『鬮』，『鬬』作『鬭』。」

〔三四〕陳校：「『芺』當作『芺』。」方校：「案：『芺』譌『芺』，據《爾雅・釋艸》正。《爾雅》『鉤』上不加艸，陸書亦無異文。」按：明州本、潭州本、金州本、毛鈔、錢鈔注「芺」字正作「芺」。段校、韓校、陸校、龐校、錢校同。姚校：「宋本『芺』作『芺』，是。影宋同。」

〔三五〕按：《說文・弓部》：「㲄，張弩也。从弓，㱿聲。」參見去聲《候韻》居候切「㲄」字，此「㲄」字當作「㲄」。

〔三六〕方校：「案：《類篇》同。《廣韻》作『鮒鰸曰食』。」

〔三七〕明州本、潭州本、金州本、毛鈔、錢鈔注「箬」字作「箬」。陳校、錢校同。方校：「案：『竹箬』譌『竹箬』，《廣韻》同，據宋本及《說文》正。」姚校：「宋本注『箬』作『箬』。余校、韓校皆同。」

〔三八〕《博雅》見《釋地》，「䅚」字作「糌」。

〔三九〕陳校：「『文』，《篇海》作『交』。」明州本、潭州本、金州本、毛鈔、錢鈔注「文」字作「交」。段校、陸校、錢校同。方校：「案：『交』譌『文』，據宋本及《韻會》正。」姚校：「宋本『文』作『交』，是。影宋、韓校皆同。」

[四〇]　明州本、毛鈔、錢鈔注「杷」字作「把」。陳校、錢校同。方校：「案：小徐本作『杷』，宋本及大徐本从手。檢漢《郊祀志》師古注『杷』音蒲巴，其字从木，則小徐本是也。」姚校：「宋本『杷』作『把』，是。」余校、錢校皆同。」

[四一]　明州本、毛鈔、錢鈔注「令」字作「今」。陳校、陸校、龐校、錢校同。方校：「案：『今』譌『令』，據宋本及《説文》正。」姚校：「宋本『令』作『今』。」余校、錢校皆同。」

[四二]　明州本、潭州本、金州本、毛鈔、錢鈔「裒」字作「㪷」。又明州本、潭州本、金州本、毛鈔、錢鈔注「褎」字作「裦」。龐校、錢校同。姚校：「宋本『褎』作『裦』。」韓校同。」又明州本、毛鈔、錢鈔注「裦」字作「褎」。龐校、錢校同。姚校：「宋本『裦』作『褎』。」影宋本同。」方校：「案：『㪷』中从臼，不从臼，《廣韻》亦誤。『褎』、『裦』宋本作『褎』、『裦』，今據正。」許校：「『謀』字《廣韻》入《十八尤》。」某氏校：「《廣韻》謀，莫浮切，凡同音者皆入《十八尤》部。案：『浮』在《尤韻》。《廣韻》浮，縛謀切，此書房尤切。別入《侯韻》者，誤也。」

[四四]　明州本、錢鈔注「亦」字作「或」。龐校、錢校同。姚校：「宋本『亦』作『或』。」

[四五]　明州本、潭州本、金州本、毛鈔、錢鈔「髳」字作「髳」。余校、汪校、韓校、龐校、錢校同。方校：「案：『髳』譌从予，據宋本及《類篇》正。」姚校：「宋本『髳』作『髳』，是。」

[四六]　方校：「案：《楊淮碑》『元弟功德牟盛』，《曹景完碑》『威牟諸夏』，『侔』有省作『牟』者。作『件』未見。然下文別出『牟』字，《類篇》、《韻會》亦與此同，今仍之。」

[四七]　明州本、毛鈔、錢鈔「坙」字作「秷」。段校同。

[四八]　方校：「案：此見《釋地》，王氏云：『《説文》、《玉篇》俱無洴字，洴爲涘之譌。』」按：《廣雅》見《釋丘》，方氏誤記。

[四九]　方校：「案：『揄』譌从手，據《廣韻》、《類篇》正。」按：毛鈔注『揄』字作『揄』。陳校、陸校同。

[五〇]　陳校：「『戎』作『叒』，同。」

[五一]　明州本、毛鈔、錢鈔注「綽」字作「縛」。汪校、陳校、陸校、龐校、錢校同。方校：「案：《廣雅。釋器上》：『縶，絹也。』『絹』古通『縛』，宋本及《類篇》作『縛』，非。此作『綽』，尤誤。」姚校：「宋本『綽』作『縛』。影宋同。段云：『竝誤。

宜作縛，即絹字。』」

[五二]　方校：「案：『縶』上據《説文》當有『十』字，前力求切可證。」

[五三]　《爾雅》見《釋鳥》，郭注：「大如鷃雀，色似鶉，好高飛作聲。今江東名之天鷚，音綢繆。」據郭注，「鷃」下脱「雀」字。

[五四]　方校：「案：『鴾』譌『鶜』，據《爾雅》『鴽，鴾母』郭注正。」按：明州本、錢鈔注「鶜」字正作「鴾」。龐校、錢校同。

[五五]　姚校：「宋本『鶜』作『鴾』。」

[五六]　方校：「案：《説文》作『蟊』。《類篇》从隸作『蝨』，此上从弖，非。」

[五七]　明州本、毛鈔、錢鈔「毋」字作「母」，注同。陳校、陸校、龐校、莫校、錢校同。方校：「案：『母』譌『毋』，《類篇》同，據宋本及《禮記・内則》正。」姚校：「宋本『毋』字作『母』，是。」

[五七]　陳校：「『貿』，『目不明皃』當入『瞀』字注。」

[五八]　按：《左傳・襄公十四年》：「執莒公子務婁，以其通楚使也。」釋文：「務，徐莫侯反。務又音如字。」又《昭公元年》：「於是莒務婁、瞀胡及公子滅明以太庬與常儀靡奔齊。」釋文：「務婁並如字，務又音謀，一音無。」務婁爲莒公子，此云邑名，疑誤。

[五九]　明州本、金州本、錢鈔注「蚍」字作「蚰」。龐校、錢校同。姚校：「宋本『蚍』作『蚰』。」

[六〇]　方校：「案：『毋』譌作『毌』，據《禮・郊特牲》及注文正。『頟』《禮》作『追』，陸書無異文。」按：潭州本、金州本、毛鈔「毌」字作「毋」。顧校、陸校、錢校同。

[六一]　按：《説文・巾部》：「帑，一曰車上衡衣。从巾，敄聲。」據此「稀」字當作「帑」。前《模韻》蒙脯切作「帑」，去聲《遇韻》亡遇切同。

[六二]　明州本、毛鈔注「敕」字作「敕」。莫校同。按：當从潭州本、金州本作「敕」。

[六三]　姚校：「段云：『宋本次序：一鬏髮，二揪捒，三嗾嗾，四涑漱，五婁，六摉搜，七撨，八㹱，九𠬸。』與曹本不同如此。韓校云：『撨與揪捒互易。』覲元按：段、韓所據皆汲古閣影宋本，故次序同。」按：明州本、錢鈔同。陸校：「鬏、揪、嗾、

漱、嫈、捘、撨、獀、敕。此宋本次第，今皆前後错舛。」錢校、莫校同。方校：「案：宋本次弟：鬏、揫、嗾、漱、嫈、捘、撨、獀、敕。與此異。」

［六四］明州本、金州本注「軌」字作「軌」。顧校、龐校、錢校同。姚校：「宋本『軌』作『軌』，从九，是。」

［六五］姚校：「余校『攴』作『誠』。」按：《説文・支部》：「敕，誡也。」此余校所本。

［六六］明州本、錢鈔注「裒」字作「褎」。毛鈔「裒」字誤作「褎」。

［六七］明州本、錢鈔「呮」字作「呮」。龐校、錢校同。毛鈔作「呮」。方校：「案：宋本『呮』作『呮』，誤。」

［六八］明州本、錢鈔「倨」字作「倨」。龐校、錢校同。

［六九］方校：「案：『覨』譌从亞，據《説文》正。凡偏旁从『亞』者，《類篇》均不誤。」

［七〇］龐校：「鄧」作「鄧」。

［七一］余校「恒」作「弜」。方校：「案：『弘』譌『恒』，『庚』譌『庚』，據《説文》正。」

［七二］明州本、潭州本、金州本、毛鈔、錢鈔注「飲」字作「飤」。陳校、龐校、錢校同。方校：「案：二徐本及《類篇》同。宋本『飲』作『飤』，今據正。《篇》、《韻》竝作『飼』。」姚校：「宋本『飲』作『飤』。韓校同。」

［七三］明州本、毛鈔、錢鈔注「囊」字作「囊」。錢校同。按：《類篇》亦作「囊」。

［七四］方校：「案：『鵃』譌『鵃』，『喙』譌『啄』，據《玉篇》、《類篇》正。」

［七五］方校：「案：『嘔』譌『驅』，據《類篇》正。」按：明州本、毛鈔、錢鈔注「驅」字正作「嘔」。陳校、龐校、錢校同。姚校：「宋本『驅』作『嘔』。」

［七六］方校：「汪氏云：『見《漁父篇》，釋文：李音投，揮也。不訓垂。』」按：《莊子・漁父》「被髮揄袂」，釋文：「揄音遥，又音偷，又褚由反，謂垂手衣内而行也。李音投。投，揮也。」

［七七］明州本、錢鈔注「適」字作「摘」。余校、龐校、錢校同。姚校：「宋本『適』作『摘』。」按：作「摘」是，《説文》正作「摘」。

［七八］明州本、潭州本、金州本、毛鈔、錢鈔注「窻」字作「窻」。龐校、錢校同。姚校：「宋本『窻』作『窻』。」

［七九］明州本、毛鈔、錢鈔注「牗」字作「牆」。龐校、錢校同。方校：「案：『牆』譌『牗』，據宋本及《説文》正。」姚校：「宋本『牗』作『牆』。余校、韓校同。」某氏校：「《廣韻》作『垣』，則本《史記・萬石君傳》集解。」

［八〇］明州本、毛鈔、錢鈔注「屮」字作「木」。龐校、錢校同。姚校：「宋本『屮』作『木』。韓校同。」

［八一］方校：「案：《説文》作『[illegible]』，隸當作『婁』，方合从毋中女之義。注『母』當作『毋』。」

［八二］方校：「案：『鞻』譌『鞻』，據《類篇》正。」

［八三］明州本、潭州本、金州本、毛鈔注「種」字作「穜」。馬校、陸校、莫校同。方校：「案：宋本及《説文》『種』作『穜』，今據正。」

［八四］衛校：「『鄹』，《漢書・地理志》作『穰』。」丁校同。方校：「案：『穰』譌『鄹』，據《類篇》及《前漢・地理志》、《後漢・郡國志》正。」

［八五］按：上聲《噳韻》隴主切「羸」字作「羸」。《廣韻・麌韻》力主切作「羸」。《漢書・地理志》交趾郡有羸陵縣，字作「羸」。顔注：「孟康曰：『羸音蓮，陵音受土簍。』師古曰：『陵、簍二字並音來口反。』」王鳴盛《十七史商榷・晉書四》：「交趾郡羸陵，案：『羸』，《漢書》作『羸』，音連，乃妄造『羸』字，謬甚。」

［八六］某氏校：「『倨』作『傴』。」錢校作「倨」。

［八七］明州本、毛鈔、錢鈔注「謹敬」作「恭謹」。龐校、錢校同。方校：「案：《廣韻》同。宋本作『恭敬皃』，《類篇》作『恭謹皃』，皆通。」姚校：「宋本『謹敬』作『恭謹』。影宋同。韓校作『恭敬』。」

［八八］方校：「案：『飲』乃『飤』字之譌。盧校：『《方言》五云：飤，古飼字，舊本誤作飲。』『謂』上《方言》有『或』字，《類篇》無。」按：明州本、毛鈔、錢鈔注「飲」字正作「飤」。陳校、龐校、錢校同。姚校：「宋本『飲』作『飤』，是。韓校同。」

［八九］明州本、毛鈔、錢鈔注無「名」字。顧校、陸校、龐校同。方校：「案：宋本及《類篇》無『名』字，今據删。」

［九〇］明州本、毛鈔、錢鈔注「秋」下有「日」字。段校、韓校、陸校、錢校同。方校：「案：『立秋』下宋本及《類篇》有『日』字，今據補。」姚校：「宋本『秋』下有『日』字。影宋同。」

[九一]　方校：「案：『𧃲』當作『瓝』，《類篇》亦誤。」

[九二]　方校：「案：卷二《西山經》作『昆侖之丘』。」

[九三]　方校：「案：『螌』譌『盤』，據《爾雅・釋蟲》正。」按：明州本、錢鈔注「螌」字正作「螌」。龐校、錢校同。姚校：「宋本『盤』作『螌』。」

[九四]　明州本、毛鈔、錢鈔注「瓯」字作「甌」。陳校、陸校、龐校、錢校同。段校：「从『豆』改从『瓦』。」方校：「案：『甌』譌『瓯』，據宋本及《史記・滑稽淳于髡傳》正。《史記》『窶』从穴作『窶』。『抔摟』，索隱作『杯樓』。竝从木。」姚校：「宋本『瓯』作『甌』，是。影宋、韓校同。」

[九五]　明州本、潭州本、金州本、毛鈔、錢鈔「𠒣」字作「㒵」。龐校同。並誤。段校改「𠒣」。

[九六]　明州本注「柔」字作「梨」。龐校、錢校同。姚校：「宋本『柔』作『梨』。」

[九七]　明州本、毛鈔、錢鈔「頳」字作「頯」。陳校、陸校、龐校、錢校同。段校改「頯」。方校：「案：宋本『頳』作『頯』。《類篇》作『頟』，注：短須髮皃。與《説文》合。今从《類篇》。」姚校：「宋本『頳』作『頯』，是。影宋、韓校同。」

[九八]　陳校：「『姡』，《説文》匹才切。」

二十幽

[一]　陳校：「『三』，《類篇》作『五』。」方校：「案：《類篇》『三』作『五』。段氏《説文》河水下注謂『蒲昌海去玉門陽關千三百餘里』，蓋依《水經注》訂。」

[二]　方校：「案：《廣雅》未見。」按：《玉篇・耳部》：「聱，五苞、魚幽二切。《廣雅》云：不入人語也。《埤蒼》云：不聽也。」此據《玉篇》，疑有誤。

[三]　明州本、毛鈔、錢鈔「𪓰」字上脱〇。方校：「嚴氏云：宋本無〇，誤。」按：此實段玉裁校語。此爲小韻首字，其上當有〇。潭州本、金州本並有，不誤。

[四]　方校：「案：《類篇》同。考《篇》、《韻》皆訓美，則『微』或『媺』字之譌。」某氏校：「『烋』見《玉篇》，注：『美也，福禄也，慶善也。』《廣韻》同。」

[五]　《廣韻》同。前《之韻》津之切「䅭」字訓「禾生皃」。

[六]　明州本、錢鈔注「玄」字作「𢆯」，毛鈔作「玄」。段校：「『玄』宜作『互』。」方校：「案：『玄』當作『互』，撿前文祛尤、尼猷二音注皆云『戾也』。《類篇》亦不載異義。」

[七]　方校：「案：《類篇》『滮』作『滤』。」

[八]　余校作「句」。陳校：「『曲』，《説文》作『句』。」方校：「案：『句』譌『曲』，據《説文》正。《類篇》作『木下曲』，不引《説文》。」陸校：「『曲』下脱『也』字。」

[九]　陳校：「『切』當作『叻』，大力也。」按：《廣韻・尤韻》居求切：「叻，大力。」前《尤韻》居尤切：「叻，絶力也。」注中「刀」字當作「力」。

[一〇]　陳校：「从門。从門，非。」方校：「案：『䦧』譌从門，據《説文》正。」

[一一]　方校：「案：『瞅』譌从耳，據《類篇》及注文正。」按：明州本、錢鈔注「瞅」字正作「瞅」。陳校、錢校同。姚校：「宋本『瞅』作『瞅』，从目，是。余校同。」

[一二]　姚校：「段云：『此文宜作萉。』」某氏校：「『萉』上不从艸，據《類篇》校改。」

[一三]　明州本、毛鈔、錢鈔注「曲」下有「也」字。段校、龐校、錢校同。姚校：「宋本末有『也』字。」

[一四]　明州本、潭州本、金州本、毛鈔、錢鈔注「崙」字作「崘」。段校、龐校、錢校同。

[一五]　明州本、潭州本、金州本、毛鈔、錢鈔注「掇」字作「棳」，从木。

[一六]　明州本、毛鈔、錢鈔注「鏄」字作「鏄」。姚校、錢校同。按：曹憲音普鲇，明非「鏄」字。

[一七] 莫校引黄校：「彭年按：『池』、『沱』本一字，徐鉉説宋本《説文》自作『滤沱』者，段茂堂以爲非是。其實『滹沱』亦作『惡池』，古文通假不盡如段君説也。」姚校：「余校『沱』作『池』。」吕云：「『沱宜作池。』黄氏彭年云：『《説文》有沱無池，池即沱之俗。此所據《説文》作沱與今本作池異，古本也。今本宜更從《集韻》，不宜改《集韻》也。』覲元按：黄説是。」

[一八] 明州本、毛鈔、錢鈔「颫」字作「颫」。韓校、龐校、姚校、錢校同。方校：「案：《類篇》同。宋本作『颫』，誤。」

[一九] 方校：「案：《廣韻》引《説文》『臬』下無『之』字，二徐本及段氏校本竝有。」

[二〇] 陳校：「『束也』二字《説文》無。」

[二一] 方校：「案：『𩬊』譌『𩬊』，據《類篇》正。」

[二二] 陳校：「『縛』作『縛』。」按：《佚韻》迷浮切：「𦃇，縛也。」陳校是。

二十一侵

[一] 方校：「案：『㑴』是《説文》本字，當首列。但从省作『侵』，則持帚二字無箸落矣。」

[二] 明州本、潭州本、金州本、毛鈔、錢鈔「僣」字作「僣」。韓校、龐校、錢校同。

[三] 明州本、毛鈔、錢鈔「鈂」字作「鈂」。韓校、龐校、姚校、錢校同。方校：「案：《類篇》同。宋本『鈂』作『鈂』，誤。」按：潭州本、金州本作「鈂」。

[四] 某氏校：「『心』注兩『藏』字當改『臧』。『藏』，《説文》新坿字。」

[五] 方校：「案：《類篇》『菍』作『菍』，入《歺部》。」

[六] 陳校「兟」注改「朁朁」，云：「『朁朁』見《説文》注。」

[七] 方校：「案：『桂』譌『柱』，據《類篇》及《爾雅・釋木》正。」按：金州本「柱」字正作「桂」。龐校、錢校同。姚校：「宋本『柱』作『桂』，是。韓校同。鈕云：『柱宜作桂。』」明州本、錢鈔作「杹」，似「桂」未寫全。

[八] 陳校：「『羨』作『羨』。」方校：「案：『羨』譌『羨』。據《類篇》正。」姚校：「余校『羨』作『羨』。段校：『宜作羨。』」

[九] 明州本、毛鈔、錢鈔注「㑴」字作「侵」。段校、陳校、陸校、龐校、錢校同。方校：「案：『侵』譌『㑴』，據宋本及《類篇》正。後文初簪切不誤。」姚校：「宋本『㑴』作『侵』，是。影宋、韓校同。」

[一〇] 明州本、毛鈔、錢鈔「㝷」、「尋」作「㝷」、「尋」。韓校、陸校同。龐校「尋」並从「㔾」。姚校：「鄭云：『宋本凡尋中口皆作几，非。』」

[一一] 段校：「宋本『口』皆作『几』。」方校：「案：宋本『口』作『几』，誤。」某氏校：「嚴云：『宋本口作几。』案：《説文》本从口，不可泥宋本而以是爲非，以非爲是也。如『高』作『髙』，『亨』作『亯』，『咼』作『咼』，皆宋本不誤。又《説文》『口』、『又』、『寸』上均有『从』字。『尋』下有『八尺也』三字。」

[一二] 《玉篇・月部》：「䏰，寺林切，姓也。」《類篇》此字亦在《月部》。

[一三] 方校：「案：『潯』譌『潯』，據《類篇》及本文正。」

[一四] 《類篇・艸部》同。按：《爾雅・釋艸》：「蕁，海藻。」郭注：「藥草也。一名海蘿。如亂髮，生海中。《本草》云。」則「蕁」字當作「蕁」。下《覃韻》徒南切亦作「蕁」。

[一五] 方校：「案：《類篇》『似』作『次』。」按：明州本、毛鈔、錢鈔注「似」字正作「次」。龐校、錢校同。姚校：「宋本『似』作『次』。」

[一六] 方校：案：「『𩰫』譌『𩰫』，據《説文》正。兩『彡』象气之旁出，非从兩『弓』也。」

[一七] 明州本、毛鈔、錢鈔注「羨」、「羨」字並作「羨」。陳校、龐校、錢校同。方校：「案：『羨』《廣雅・釋器下》作『䰼』，非。《説文》从魚，晉省聲。隸當从宋本及《類篇》作『羨』。此作『羨』、『羨』竝誤。」姚校：「宋本『羨』作『羨』。影宋本同。」又：「段云：『羨係羨之省。』」

［一八］丁校：「大魚句二見《説文》，標《廣雅》誤。」

［一九］潭州本、金州本「灊」字作「灊」。

［二〇］按：《廣韻》無注「宕渠」二字。

［二一］方校：「案：作『湊』與《説文》合，正文作『溪』，誤。」按：明州本、毛鈔、錢鈔「溪」字作「溪」。龐校、錢校同。

［二二］明州本、潭州本、金州本、毛鈔、錢鈔注「湊」字作「溪」。陳校、龐校、錢校同。

［二三］明州本、毛鈔、錢鈔注「竈突」作「竈突」。陳校、陸校、龐校、錢校同。方校：「案：小徐本同。宋本及大徐本作『竈突』。段氏校从大徐。」姚校：「宋本注『突』字作『突』。影宋、韓校皆同。段云：『今《説文》亦作突，丁度等所見作突爲是。』」

［二四］明州本、毛鈔注「勺」字作「勺」。

［二五］明州本、毛鈔、錢鈔注「似」字作「次」。馬校、龐校、錢校同。姚校：「宋本『似』作『次』。」

［二六］方校：「案：大徐本作『晳』，段氏从之，小徐本作『晳』。此與《類篇》作『晳』，非是。」按：明州本、潭州本、金州本、毛鈔、錢鈔注「晳」字作「晳」。陸校、錢校同。姚校：「段云：『晳宜作晳。』」

［二七］明州本、潭州本、金州本、毛鈔、錢鈔「藏」字作「減」。陳校、龐校、錢校同。丁校：「《爾雅》作『葴』。」方校：「案：『減』譌『藏』，據宋本及《類篇・水部》正。」姚校：「宋本作『減』。余校、韓校皆同。」

［二八］方校：「案：《方言》三：『瘼、瘦，病也。秦曰瘽。』無『晉之間』三字。《類篇》與此同，無『曰』字。」

［二九］明州本、毛鈔、錢鈔注「熟」字作「孰」。韓校、龐校同。馬校：「『孰』，局作『熟』，古今字。」方校：「案：『熟』，當从宋本作『孰』。」

［三〇］方校：「案：《字鑑》『壬』上下从『一』，中畫長，此上加『丿』，非。」

［三一］衛校「裹」作「褒」。方校：「案：二徐本及《類篇》同。訓衷，又訓臧。古與『褒』通用。或改『褒』，誤。」

［三二］明州本、錢鈔注「佞」字作「佞」。錢校同。

［三三］明州本、錢鈔注脱「説」字。錢校：「『説』字宋本空。」按：潭州本、金州本、毛鈔不空，作「説」字。

［三四］按：《類篇・言部》無此字，有「詀」字，然無此訓。陳校：「『訑』當同『詀』，《廣韻》：信也，念也。」

［三五］方校：「案：『鄰』譌『鄰』，據《篇》、《韻》正。本書力錦切别出『鄰』字，不知止一字也。」

［三六］按：本書「森」不當作「森」，注「木」不當作「朩」，諸本皆誤，下同。

［三七］方校：「案：《類篇》同，此讀連篆文之證。上文『參』注商星也，亦是此例。」

［三八］方校：「案：『娙』譌『媱』，據《類篇》正。」按：明州本、毛鈔、錢鈔注「媱」字正作「娙」。陳校、馬校、錢校同。姚校：「宋本『媱』作『娙』。余校、韓校皆同。」

［三九］明州本、潭州本、金州本、毛鈔、錢鈔注「扶」字作「扶」。陳校同。又明州本、錢鈔注「疎」字作「蹂」。龐校、錢校同。姚校：「宋本『疎』作『蹂』，非。」

［四〇］明州本、毛鈔、錢鈔注「突」字作「突」。陸校、龐校、錢校同。姚校：「宋本『突』作『突』。影宋同。」

［四一］方校：「案：『彯』譌从少，據《類篇》正。」

［四二］方校：「案：《廣韻》引《字書》云：『穇，禾長皃。』訓義與此及《類篇》正相反。以下文『槮』訓木長之例推之，似作『長』爲是。」

［四三］潭州本、金州本注「篸」字下有一空格，非。明州本、毛鈔、錢鈔注均不空。

［四四］明州本、潭州本、金州本、毛鈔、錢鈔注「者」字作「也」。段校、陸校、龐校、錢校同。方校：「案：宋本『者』作『也』，誤。」姚校：「宋本『者』作『也』。影宋本、韓校同。」按：《説文・玉部》作「者」。

［四五］龐校作「鶩」。云：「下並同。」

［四六］明州本、毛鈔、錢鈔注「鋤」字作「鉏」。龐校、錢校同。方校：「案：宋本及《類篇》『鋤』作『鉏』。」姚校：「宋本『鋤』作『鉏』。韓校同。」

［四七］明州本、潭州本、金州本、毛鈔、錢鈔注「栫」字作「梣」。段校、汪校、陸校、龐校、錢校同。方校：「案：『梣』譌『栫』，據

宋本及《廣雅·釋器上》正。《廣雅》『桍』作『涔』。」姚校：「宋本『栫』作『桍』，是。影宋、韓校皆同。」

［四八］余校注「木」字下補「名」字。龐校亦補。

［四九］方校：「案：『霖』當作『霂』，『南陽謂霖』下大徐本有『雨曰』二字，小徐本『謂』作『名』，有『雨』無『曰』，《類篇》有『曰』無『雨』，段氏據此校定。」

［五〇］明州本、潭州本、金州本、毛鈔注「羲」字作「羲」。余校、韓校、陳校、龐校、錢校同。姚校：「宋本『羲』作『羲』。」

［五一］段校：「宋本凡『离』皆作『离』。」姚校：「鄭云：影宋凡『离』皆作『离』。」

［五二］方校：「案：『䶎』譌『䶎』，據《類篇》正。《類篇·音部》有『䶎』，無『䶎』。」按：明州本、毛鈔、錢鈔注「䶎」字正作「䶎」，段校、龐校、錢校同。姚校：「宋本『䶎』作『䶎』。」

［五三］明州本、毛鈔、錢鈔「椹」字作「椹」。

［五四］方校：「案：二徐本『也』作『皃』，段氏據此及《類篇》正。」

［五五］余校「䫬」作「覞」。《類篇·見部》「覞，臣光曰：『《説文》覞，从見，彡聲。讀若郴。今隸變作䫬。』」

［五六］明州本、毛鈔、錢鈔注「也」字無。余校、顧校、龐校、錢校同。方校：「案：宋本及《類篇》無『也』字，今據删。」姚校：「影宋本無『也』字。」

［五七］明州本、潭州本、金州本、毛鈔注「翱」字作「𦑒」。余校、陳校、陸校、龐校、錢校同。方校：「案：『𦑒』譌从羽，據宋本及《類篇》正。《説文》作『䍶』，『䍶』、『𦑒』古今字。」姚校：「宋本『翱』作『𦑒』，是。影宋本、余校、韓校皆同。韓校『熟』作『孰』。」

［五八］方校：「案：二徐本作『監臨』，《類篇》同，今據乙。」

［五九］余校「以」作「已」。韓校、錢校同。方校：「案：《説文》『以』作『已』。」

［六〇］方校：「案：二徐本及《類篇》同。段氏改『沃』爲『渓』。」

［六一］《説文》：「罧，積柴水中以聚魚也。」按：前本韻疏簪切「罧」字引《説文》「中」下有「以」字。上聲《寑韻》斯荏切、式荏

切，去聲《沁韻》所禁切「罧」字注「中」下俱有「以」字。

［六二］明州本、潭州本、金州本、毛鈔、錢鈔注「幓」字作「縿」。龐校、錢校同。姚校：「宋本『幓』作『縿』。」

［六三］按：此字爲「軖」字之譌，从王不从壬。音曲王切，不當列此，當删。

［六四］毛鈔注「載」字作「戴」。汪校、陳校同。方校：「案：『戴』譌『載』，據宋本及《廣雅·釋鳥》正。《廣雅》『鵟』作『紝』，音同。」

［六五］余校「侵」作「浸」。方校：「案：『侵』，《類篇》同。大徐本作『浸』，小徐本作『𣸣』。段氏校从大徐。」

［六六］潭州本、金州本、錢鈔注「夕」字作「久」。明州本、毛鈔注作「久」。陳校、龐校、錢校同。方校：「案：『久』譌『夕』，據宋本及《篇》、《韻》正。《爾雅·釋天》『霪』止作『淫』。」姚校：「宋本『夕』作『久』。韓校同。鈕云：『夕宜作久。』呂云：『夕乃久之誤。』《爾雅·釋天》『久雨謂之淫』，是其證。古『淫』同『霪』，故此注云『通作淫』。」

［六七］方校：「案：二徐本作『淫淫』，段氏據此及《篇》、《韻》、《類篇》正。」

［六八］龐校「炗」作「炗」。錢校同。

［六九］潭州本、金州本、錢鈔注「鵋」字作「鵋」。明州本注作「鵋」。錢校同。姚校：「宋本『鵋』作『鵋』。」按：「鵋」、「鵋」皆爲「鵋」字之誤。

［七〇］明州本、錢鈔「鱏」字作「䲛」。龐校、錢校同。姚校：「宋本『鱏』作『䲛』。」

［七一］余校「魚」上奪「白」字。方校：「案：『魚』上奪『白』字，《類篇》同。據《説文》及《爾雅·釋蟲》補。」

［七二］汪校「潯」作「潯」。

［七三］明州本、毛鈔、錢鈔「突」字作「突」。龐校、錢校同。

［七四］明州本、潭州本、金州本、毛鈔、錢鈔「陰」字作「陰」。汪校、龐校同。

［七五］方校：「案：『北』下有『也』字，《廣韻》引同。」

［七六］方校：「案：古體大徐本作『[illegible]』，小徐本作『[illegible]』，段氏校改爲『[illegible]』。」按：明州本、潭州本、金州本、毛鈔、錢鈔

「[illegible]」字作「[illegible]」。顧校、龐校、錢校同。姚校：「宋本作『[illegible]』，末畫迆長。」
[七七]　明州本、錢鈔注「止」作「二」。錢校同。誤。按：潭州本、金州本、毛鈔作「止」。
[七八]　明州本、毛鈔、錢鈔注「示涼」作「宗諒」。段校、龐校、錢校同。方校：「案：『宗』譌『示』，據宋本及《公羊・文九年傳》正。『涼』音亮，又音良，見《公羊》釋文。宋本及《類篇》作『諒』，非是。」姚校：「宋本作『宗』，是。余校、韓校皆同。又『涼』作『諒』，是。韓校同。覲元案：『宗』字今本已正。」按：姚所謂今本指所刻姚刻三種。又：潭州本、金州本「示」字作「宗」。
[七九]　方校：「案：『呻』下《廣韻》引有『吟』字，二徐本及《類篇》竝無。」
[八〇]　方校：「案：『𠫭』譌『𠩄』。『眾』譌『衆』，據《説文》正。」
[八一]　方校：「案：重文當从《類篇》作『𡵗』。」
[八二]　方校：「案：《説文》『衾』作『衾』。注譌『衾』，當正。并當首列，以『衾』爲或體。」
[八三]　明州本、錢鈔「頜」字作「領」，注同。是。
[八四]　明州本、錢鈔「金」字作「金」。錢校同。方校：「案：『金』譌『金』，據《説文》正。」
[八五]　明州本、錢鈔注「注」字作「法」。龐校、錢校同。姚校：「宋本『注』作『法』，非。」按：潭州本、金州本、毛鈔作「注」。
[八六]　明州本、錢鈔注「又」字作「天」。錢校同。誤。按：潭州本、金州本、毛鈔作「又」。
[八七]　明州本、錢鈔注「朱」字作「米」。龐校、錢校同。按：潭州本、金州本、毛鈔作「朱」，與《説文》合。
[八八]　方校：「案：『弦』譌『絃』，據《説文》及《類篇》正。古體當作『[illegible]』、『[illegible]』、『[illegible]』。」
[八九]　明州本、錢鈔注「禄」字作「以」。龐校、錢校同。按：潭州本、金州本、毛鈔作「禄」，與《説文》合。
[九〇]　方校：「案：大徐本『衿』作『衿』。今據正。《説文・衣部》無『衿』字。」
[九一]　方校：「案：《説文》作『鈙』，當以『鈙』爲正。」
[九二]　明州本、錢鈔注「黄」上有「淺」字，無「色」字。龐校、錢校同。姚校：「宋本作『淺黄黑』，無『色』字。」

[九三]　明州本、毛鈔、錢鈔注無缺空。龐校、錢校同。陸校：「『蕣』上不空格，衍小『缺』字。」方校：「嚴氏云：『宋本此處不空，則無缺可知。棟亭所得本蓋與毛子晉所影本非一刻也。』」按：方氏引嚴氏語實爲段校。姚校：「此文下空白四格注曰『缺』。宋本不空。影宋、韓校同。段云：『疑曹氏所據本於毛氏影宋本外别有他刻。』」
[九四]　明州本、毛鈔、錢鈔「禽」字作「禽」。顧校、陳校、龐校、錢校同。方校：「案：『禽』，嚴校改『禽』，蓋从宋本。《類篇》作『禽』，《韻會》从省作『禽』。」姚校：「宋本作『禽』。影宋本同。」
[九五]　明州本、潭州本、金州本、毛鈔、錢鈔注「總」字作「總」。馬校、龐校同。
[九六]　明州本、毛鈔、錢鈔「潹」字作「潹」，注「禁」字作「禁」。龐校、錢校同。姚校：「宋本『潹』作『潹』，『禁』字作『禁』。韓校同。」
[九七]　明州本、毛鈔、錢鈔「唫」作「崟」，注不重「崟」字。段校、陳校、陸校、龐校、錢校同。方校：「案：『崟』，見《玉篇》，此字作『唫』，非。注當从宋本及《類篇》作『崟崟，險也』。」姚校：「宋本、影宋本正文並作『崟』，注無重『崟』字。」
[九八]　明州本、毛鈔、錢鈔「潹」字作「潹」。龐校、錢校同。姚校：「宋本『潹』作『潹』。韓校同。」

二十二覃

[一]　方校：「案：《説文》作『[illegible]』，『[illegible]』下體隸變从丅，不从十。又『覃』乃本字，當首列。」
[二]　方校：「案：小徐本同，與《漢志》合。段氏从大徐本『玉』作『王』。」
[三]　明州本、潭州本、金州本、毛鈔、錢鈔注「染」字作「染」。錢校同。
[四]　方校：「案：『劒』譌『釼』，據《釋名・釋兵》正。」按：明州本、潭州本、金州本、毛鈔、錢鈔注「釼」字正作「劒」。陳校、陸校、錢校同。姚校：「宋本『釼』作『劒』，是。」

[五] 方校：「案：《類篇》『意』作『也』。」

[六] 方校：「案：『脽』譌『腥』，依本書《四十八感》乃感切正。《類篇》作『臁』，乃『臛』字之誤。『脽』、『臛』古通用。據《廣雅·釋器下》『腩』當訓脯。」按：明州本、潭州本、金州本、毛鈔、錢鈔注「腥」字作「脽」。段校、陳校、陸校、龐校、錢校同。姚校：「宋本『腥』作『脽』。影宋、韓校皆同。」

[七] 明州本、潭州本、金州本、毛鈔、錢鈔「眈」字作「眈」，从目。

[八] 陳校：「从頁，占聲。《廣韻》入《談韻》都甘切。」

[九] 顧校「崒」字作「峷」。馬校：「『崒』局作『峷』，中从艹。誤。」方校：「案：『峷』譌『崒』，據《説文》正，《類篇》作『崒』，亦誤。」

[一〇] 方校：「案：《説文》『言』下有『男』字，《類篇》同，今據補。」

[一一] 明州本、潭州本、金州本、毛鈔、錢鈔注「聒」字作「聒」。陳校、馬校、龐校、錢校同。姚校：「宋本『聒』作『聒』，是。」按：《類篇》亦作「聒」。

[一二] 方校：「案：《廣雅·釋訓》未見，王本據此及《類篇》坿録。」

[一三] 方校：「案：『冊』譌从目，據《類篇·耳部》正。」按：明州本、潭州本、金州本、錢鈔「明」字正作「冊」。毛鈔作「聃」，又「那」作「䎃」。顧校、龐校、錢校同。姚校：「宋本作『冊』，是。」

[一四] 方校：「案：『男』下譌从力。據《玉篇》、《類篇》正。」按：明州本、毛鈔、錢鈔「男」字作「男」，注同。龐校同。

[一五] 明州本、潭州本、金州本、毛鈔注「藍」字作「藍」。錢鈔空缺。龐校、錢校同。方校：「案：『藍』譌『藍』，據宋本及《類篇》正。」姚校：「宋本『藍』作『藍』。韓校同。」

[一六] 明州本、毛鈔、錢鈔注「三」上重「作」字。錢校：「『三』上衍『作』字。」

[一七] 方校：「案：『弦』譌『絃』，據《類篇》正。」按：明州本、金州本、毛鈔、錢鈔注「絃」字正作「弦」。段校、錢校同。姚校：「宋本『絃』作『弦』，是。影宋同。」

[一八] 明州本、毛鈔、錢鈔注「蚕」字作「蚕」。韓校、顧校、陸校、錢校同。衛校「任」作「吐」。丁校據《説文》作「吐絲蟲」。方校：「案：大徐本作『吐絲蟲』。影宋本及《類篇》竝與此同。言惟此物能任此事也。宋本『蚕』作『蚕』。」姚校：「宋本『蚕』作『蚕』，是。影宋同。」

[一九] 毛鈔注「楊」字作「揚」。陸校同。方校：「案：宋本及《方言》二『楊』作『揚』。」

[二〇] 明州本、潭州本、金州本、毛鈔注「掩」字作「搔」。陳校、龐校、錢校同。方校：「案：『搔』譌『掩』，據宋本及《説文》正。」姚校：「宋本『掩』作『搔』。」

[二一] 明州本、毛鈔、錢鈔注「酧」字作「酧」。陳校、陸校、錢校同。方校：「案：『酧』譌从今，據宋本正。」姚校：「宋本『酧』作『酧』。韓校同。」

[二二] 方校：「案：《廣雅·釋訓》作『黔黔，香也』。不从含。」

[二三] 明州本、毛鈔、錢鈔「蜬」字作「蜬」，注同。錢校同。顧校作「蜬」。

[二四] 姚校：「余校『踈』作『踈』。」

[二五] 姚校：「余校並作『斂』，从攵。」

[二六] 陳校：「汲古閣《説文》本『龕』从含，《玉篇》从今。又聲也，又云塔下室。」

[二七] 明州本、潭州本、金州本、毛鈔、錢鈔注「鋡」字作「鋡」。龐校、錢校同。方校：「案：『鋡』譌『鋡』，據宋本及《廣雅·釋詁二》正。」姚校：「宋本『鋡』作『鋡』。韓校同。」

[二八] 毛鈔「突」字作「突」。馬校：「『突』，局下从大。」

[二九] 明州本、毛鈔注「一」字空格。錢校：「『一』字宋本空。」

[三〇] 方校：「案：『姓』譌『柱』，據《類篇》正。《姓苑》：今河内有擻姓。」

[三一] 方校：「案：『敨』譌从音，據《篇》、《韻》、《類篇》正。」按：明州本、毛鈔、錢鈔注「敨」字正作「敨」。陳校、龐校、錢校同。姚校：「宋本『敨』作『敨』。」

[三二]明州本、潭州本、金州本、毛鈔、錢鈔「䁢」字作「瞰」。錢校同。

[三三]明州本、毛鈔、錢鈔注「戓」字作「戜」。龐校、錢校同。

[三四]《廣韻》作「磿」。

[三五]明州本、毛鈔、錢鈔「繁」字作「緐」。陳校、龐校、錢校同。方校：「案：『緐』譌『繁』，據宋本及《説文》正。」姚校：「宋本作『緐』，从糸。韓校同。」

[三六]方校：「案：注『監』，二徐本同，段氏依《篇》《韻》改『堅』。」

[三七]明州本、潭州本、金州本、毛鈔、錢鈔注上「具」字作「吳」。又明州本、毛鈔、錢鈔注「木」字作「禾」。汪校、顧校、陳校、龐校、錢校同。方校：「案：『吳』譌『具』，『禾』譌『木』，據宋本及《類篇》正。」姚校：「宋本『具』作『吳』，『木』作『禾』，是。影宋、余校、韓校皆同。」按：注「木」字潭州本作「不」，金州本作「不」，蓋是壞字。

[三八]陸校「進」作「正」。方校：「案：《説文》『進』作『正』。《類篇》與此同。」

[三九]按：《類篇·牛部》「犙」作「犙」，是。當正。

[四〇]按：《類篇·言部》注作「嗤」，當正。

[四一]方校：「案：『嗛』，《廣韻》、《韻會》引作『銜』，二徐本及《類篇》與此同。」

[四二]明州本、毛鈔、錢鈔「圅」字作「函」。毛鈔注「弓弓」作「马马」。段校、龐校、錢校同。陳校：「『弓』字作『马』。」方校：「案：『马马』譌『弓弓』，據宋本及《説文》正。」姚校：「宋本作『函』，注『弓』作『马』，是。影宋同。余校『弓』作『马』。」

[四三]明州本、毛鈔、錢鈔「凾」作「函」。錢校同。

[四四]方校：「案：二徐本『瓴』作『砱』。『韐』下有『也』字。」

[四五]方校：「案：『顑』譌『顑』，據《説文》正。」按：明州本、毛鈔、錢鈔「顑」字正作「顑」。陳校、陸校、龐校、錢校同。姚校：「宋本作『顑』，是。影宋同。」

[四六]明州本、錢鈔注「霝」字作「霝」。顧校同。

[四七]方校：「案：『僭始既涵』譌『僭始既涵』。『或从函』之『函』譌『圅』，據《説文》及《類篇》正。」按：明州本、毛鈔、錢鈔注「僭始」作「僭始」。陳校、龐校、錢校同。潭州本、金州本引《詩》作「涵」。姚校：「宋本『始』作『始』。影宋、余校皆同。又『涵』作『涵』，是。呂云：『涵、涵二字依注宜上下互易。』觀元案：呂説非，觀宋本自明。」

[四八]方校：「案：《方言》十『涵』作『涵』，音含。」

[四九]方校：「案：『涵』譌『涵』，據《説文》正。」顧校：「凡『涵』皆改『涵』。」

[五〇]方校：「案：《廣雅·釋器下》『鋡』作『鋡』。」

[五一]明州本、毛鈔、錢鈔注「鑢」字作「鏞」。段校、錢校同。方校：「案：『鏞』譌从隨，據《廣雅·釋器下》正。」姚校：「宋本作『鏞』。韓校同。」

[五二]丁校據《類篇》改「隋」。方校：「案：『隋』譌『隋』，據《玉篇》、《類篇》正。」

[五三]馬校：「『畬』局作『畬』，是也。」

[五四]明州本、毛鈔、錢鈔此字并注在「㝝」字上、「马」字下。馬校、龐校、姚校同。又明州本、潭州本、金州本「康」字作「康」。余校、陳校同。段氏校本改「東」。

[五五]明州本、毛鈔注「或」字作「通」。龐校同。

[五六]方校：「案：『怒』譌『怒』，據《類篇》正。」按：明州本、潭州本、金州本、毛鈔、錢鈔注「怒」字正作「怒」。陳校、錢校同。姚校：「宋本作『怒』。余校同。」

[五七]方校：「案：『鈥』譌『鈥』，據《類篇》正。鈥，鐵鉗也。」

[五八]明州本、潭州本、金州本、毛鈔、錢鈔注「朁」字作「潛」。龐校、錢校同。方校：「案：『潛』譌『朁』，據宋本及《類篇》正。」姚校：「宋本『朁』作『潛』，是。余校作『潛』，韓校同。」

[五九]金州本、毛鈔注「鳥」字作「烏」。段校、陸校、錢校同。方校：「案：『烏』譌『鳥』，據宋本及《廣韻》正。」姚校：「宋本

『烏』作『烏』，是。影宋、余校、韓校同。」

［六〇］明州本、錢鈔注「大」字作「犬」。錢校同。姚校：「宋本『大』作『犬』，非。」按：潭州本、金州本、毛鈔作「大」。

［六一］明州本、錢鈔注「筦」字作「筤」，龐校、錢校同。按：潭州本、金州本、毛鈔作「筦」。

［六二］明州本、毛鈔、錢鈔「齡」作「齢」。龐校、錢校同。方校：「案：『齢』譌『齡』，據宋本及《類篇》正。」

［六三］明州本、錢鈔注「歛」字作「斂」。錢校同。馬校：「『斂』，局誤『歛』。」按：《類篇・皿部》注作「斂」。又錢鈔注「口」誤「曰」。

［六四］明州本、毛鈔、錢鈔注「决」字作「決」。

［六五］《類篇・言部》注「嗤」字作「嗤」，是。諸本皆誤。

［六六］明州本、金州本、錢鈔注「呷」字作「呻」。陳校、龐校、錢校同。方校：「案：『呻』譌『呷』，據《列子・周穆王篇》正。」姚校：「宋本『呷』作『呻』，是。」

［六七］明州本、潭州本、金州本、毛鈔、錢鈔注「鮮」下有「色」字。龐校、錢校同。馬校：「『色』，局脱。」方校：「案：『鮮』下奪『色』字，據宋本及《類篇》補。」姚校：「宋本『鮮』下有『色』字。韓校同。」

二十三談

［一］明州本、錢鈔「憺」字作「惔」。龐校以爲誤。按：潭州本、金州本、毛鈔作「憺」。

［二］方校：「案：『炗』譌『炗』，『爇』譌『熱』，據《説文・火部》正。《類篇》『炗』入《干部》，『爇』亦作『熱』。」按：明州本、毛鈔、錢鈔「炗」字正作「炗」。陳校、龐校、錢校同。姚校：「宋本作『炗』，从干。」

［三］明州本、毛鈔、錢鈔注「篦」字作「篦」。

［四］明州本、毛鈔、錢鈔注「灆」字作「濫」。陸校、馬校、龐校、錢校同。方校：「案：『濫』譌『灆』，據宋本及《類篇》正。」姚校：「宋本作『濫』。韓校同。覲元案：此字今本已正。」

［五］方校：「案：『癮』譌『癮』，據《類篇》正。」

［六］方校：「案：『噾』譌『喑』，據《類篇》正。後烏甘切亦可證。」按：明州本、毛鈔、錢鈔注「喑」字正作「噾」。陳校、陸校、龐校、錢校同。姚校：「宋本『喑』作『噾』。韓校同。」

［七］明州本、金州本、毛鈔、錢鈔注「頌」字作「煩」。顧校、陳校、陸校、龐校、錢校同。姚校：「宋本『頌』作『煩』，是。」

［八］方校：「案：《方言》五作『儋』。盧氏校云：『字或作甔。』檢《後漢書・明帝紀》注、《爾雅・釋器》疏皆引作『甔』。」

［九］明州本、毛鈔、錢鈔注「染」字作「染」。錢校同。

［一〇］方校：「案：《説文》作『藍』，張次立云：『前已有藍，注：染青艸。此當从艸、濫聲。』段氏據正。二徐本『葴』作『菹』。古『葴』、『菹』通用。『清』，《類篇》作『青』。」

［一一］陳校：「『监』，《類篇》作『鹽』。」方校：「案：『鹽』譌『监』，據《類篇》正。」

［一二］明州本、錢鈔注「皃」字作「白」。錢校同。誤。潭州本。金州本、毛鈔作「皃」。

［一三］方校：「案：大徐本『襤』下有『褸』字。小徐本作『裯謂之褸』，非。」

［一四］方校：「案：大徐本『石』下有『也』字。小徐本及《類篇》與此同。」

［一五］明州本、毛鈔、錢鈔注「鹽」字作「鹽」。龐校、錢校同。姚校：「宋本『鹽』作『鹽』。」

［一六］某氏校：「『臾』譌『史』，今改正。」

［一七］潭州本、金州本注「往」字作「徃」。按：明州本、毛鈔、錢鈔作「往」。

［一八］明州本、毛鈔、錢鈔注「甘」字作「甘」。龐校：「『甘』並作『甘』。」

［一九］明州本、潭州本、金州本、毛鈔、錢鈔注「气」字作「乞」。龐校、錢校同。方校：「案：『乞』譌『气』，據宋本及《廣韻》正。」姚校：「宋本『气』作『乞』。韓校同。」

［二〇］明州本、毛鈔、錢鈔「坎」字作「坎」。陳校、龐校、錢校同。方校：「案：『坎』譌从土，據宋本及《類篇》正。」姚校：「宋本『坎』作『坎』。韓校作『改』。」按：蒙所見韓校作「坎」。

［二一］明州本、錢鈔注「甘」字作「材」。龐校、錢校同。龐云：「誤。」按：潭州本、金州本、毛鈔作「甘」。

［二二］明州本、毛鈔、錢鈔「甘」字作「甘」。錢校同。方校：「案：當補『曰』字於『甘』上，方合注義。古文『凹』《類篇》作『凹』。」

［二三］明州本、毛鈔、錢鈔「磿」字作「磿」。「麻」「麻」作「麻」「麻」。莫校、錢校同。韓校「磿」作「磿」。

［二四］明州本、潭州本、金州本、毛鈔、錢鈔注「潘」字作「潘」。

［二五］明州本、毛鈔、錢鈔「媣」字作「媣」。錢校同。姚校：「宋本作『媣』，从九。」

［二六］明州本、錢鈔注「林」字作「材」。錢校同。姚校：「宋本『林』作『材』。段云：『山字衍文。眥𧆸疑即甘蔗之俗。』」

［二七］明州本、毛鈔、錢鈔「磿」字作「磿」。韓校、錢校同。方校：「案：『磿』譌『磿』，《廣韻》同，據宋本及《説文・甘部》正。段氏校本作『磿』。」

［二八］明州本、潭州本、金州本、毛鈔、錢鈔注「菓」字作「菓」。

［二九］按：據本韻沽三切「姏」注及《晉書》文例，此「自」字當衍，《類篇・女部》「姏」字注亦無。

［三〇］方校：「案：『聃』譌从目，據《説文》、《類篇》正。」按：明州本、潭州本、金州本、毛鈔、錢鈔「眀」字作「聃」。龐校、錢校同。姚校：「『眀』宋本作『聃』，是。余校同。」

［三一］明州本、潭州本、金州本、毛鈔、錢鈔注「烏」字作「鄔」。韓校、龐校同。

［三二］陸校「謂」字作「謁」。方校：「案：『謁』譌『謂』，據《説文》及《方言》二正。」姚校：「段云：『作相食麥乃通。』」

二十四鹽

［一］方校：「案：《廣韻》引《説文》『海』下有『爲』字，非是。『爲』與『作』字義犯複，二徐本及《類篇》並無。」

［二］毛鈔注「搃」字作「搃」。陳校、陸校、龐校、錢校同。方校：「案：『搃』譌『搃』，據宋本及《説文》正。」姚校：「宋本『搃』作『搃』。韓校同。」按：明州本、錢鈔注作「搃」。

［三］余校「汙」作「汙」。陸校、龐校同。方校：「案：『汙』譌『汙』，據《説文》正。《説文》『爲』作『曰』，《廣韻》引同。」

［四］明州本、錢鈔注「析」字作「析」。龐校、錢校同。誤。潭州本、金州本、毛鈔作「析」。

［五］明州本、潭州本、金州本、毛鈔、錢鈔注「粘」字作「粘」。陸校、龐校、錢校同。姚校：「宋本『粘』作『粘』，是。韓校同。」

［六］明州本、錢鈔注「面」字作「而」。龐校、錢校同。誤。潭州本、金州本、毛鈔作「面」。

［七］按：引《詩》見《小雅・湛露》，「懕」字作「厭」。

［八］方校：「案：《説文・甘部》『猒』作『猒』，或作『猒』，此誤。」

［九］方校：「案：『懕』上誤加點，據《説文》正。」

［一〇］明州本、金州本注「苗」字作「苗」。姚校：「宋本作『苗』。」某氏校：「汪云：《周頌・載芟》：『厭厭其苗。』箋云：『衆齊等也。』」

［一一］潭州本〇作●。明州本、金州本、毛鈔、錢鈔作〇。

［一二］明州本、毛鈔、錢鈔注「銛」字作「銛」。龐校、錢校同。姚校：「宋本『銛』作『銛』。影宋、韓校同。」

［一三］明州本、潭州本、金州本、毛鈔、錢鈔注「剌」字作「利」。陳校、陸校、龐校、錢校同。姚校：「宋本『剌』作『利』。影宋、韓校同。」

［一四］明州本、金州本、錢鈔「敬」字缺筆作「茍」。

［一五］余校「兊」字作「銳」。方校：「案：《説文》『兊』作『銳』，《類篇》與此同，段氏从之。」

［一六］明州本、錢鈔「毞」字作「思」，注同。龐校、錢校同。姚校：「『毞』，宋本作『思』。」

［一七］方校：「案：『枊』譌『抑』，據《文選・何晏〈景福殿賦〉》李善注正。《類篇》作『柳』，亦誤。」

［一八］明州本、錢鈔「軉」字作「韄」。龐校、錢校同。姚校：「宋本『軉』作『韄』。」

［一九］方校：「案：『朩』譌『未』，據宋本及《類篇》正。」按：蒙所見毛鈔實作「木」。明州本、錢鈔同。陳校、陸校、龐校、錢校同。姚校：「宋本『朩』作『木』。」

［二〇］方校：「案：《廣雅・釋器下》『籯』上係『簝』字，不作『籢』。」按：《廣雅・釋器》字作「簝」，曹音力么切，不當列此，應刪去。

［二一］方校：「案：《釋詁一》『彊』作『強』。又『憸，詖也』。王氏坿録於《釋言》後。」

［二二］方校：「案：『脽』譌『脽』，據《篇》、《韻》正。《類篇》作『臞』。臞、脽古通用。」

［二三］方校：「案：『釗』譌『釗』，《類篇》同，據《廣韻》及《五音集韻》正。」

［二四］方校：「案：《韻會》引《字林》『摽』作『幖』。」

［二五］明州本、毛鈔、錢鈔注「缶」字作「缶」。陸校同。姚校：「影宋本『缶』作『缶』。」按：潭州本、金州本作「缶」。

［二六］方校：「案：《説文・戈部》作『𢦏』，通作『𢦒』，《廣韻》與此同。《類篇》从竹作『笺』，誤。」

［二七］錢校作「觖」，諸本作「戕」。

［二八］姚校：「段云：『鐫宜去山。』」陳校同。方校：「案：宋本及二徐本同。段氏从《類篇》改『鐫』爲『鐫』。」

［二九］方校：「案：《廣雅・釋詁四》『鋟』作『鑯』。《爾雅・釋山》郭注：『言鑯峻。』俗作『尖』。」

［三〇］方校：「案：《類篇》『洽』作『泠』，誤。」

［三一］明州本、毛鈔、錢鈔「懺」字作「𢤱」，又明州本、潭州本、金州本、毛鈔、錢鈔注「栻」字作「拭」。陳校、龐校、錢校同。方校：「案：『𢤱』譌从心，注『拭』譌从木，據宋本及《説文》正。」姚校：「宋本『懺』作『𢤱』，『栻』作『拭』。」余校、韓校皆同。鈕云：「『懺係𢤱之譌，栻宜作拭。』」

［三二］陳校：「『檝』，《廣韻》入《咸韻》，同『杉』。」

［三三］方校：「案：『蘵』譌『蘵』，據《類篇》及《爾雅・釋艸》正。」

［三四］陳校：「『餢』，《禮記》作『熾』。」方校：「汪氏云：『《周禮・酒正》注引同。今本《月令》餢作熾。』」

［三五］毛鈔「銛」字作「銛」。陳校、陸校、錢校同。方校：「案：『銛』譌『銛』，據《説文》正。『銛』當从宋本作『銛』。」

［三六］明州本、毛鈔、錢鈔注「㜂」字作「㜂」。錢校同。按：《廣雅・釋器》作「㜂」。潭州本、金州本同。明州本誤。

［三七］明州本、毛鈔、錢鈔此字併注在「㸌」下「㩕」上。陸校、龐校、錢校同。方校：「案：宋本在『㸌』下『㩕』上。」姚校：「宋本此字在『㩕』上。韓校同。」

［三八］明州本、毛鈔、錢鈔「鬑」字作「鬑」。龐校、錢校同。

［三九］明州本、毛鈔、錢鈔「弜」字作「㢧」。

［四〇］明州本、潭州本、金州本、毛鈔、錢鈔注「潰」字作「簣」。衛校、顧校、陳校、陸校、龐校、錢校同。方校：「案：『蔽』，二徐本同，段氏校本改『瀐』。《廣韻》作『漂』，『漂』與『瀐』義同。『簣』譌『潰』，據宋本及《説文》正。」姚校：「宋本『潰』作『簣』，是。影宋、韓校皆同。段云：『蔽宜改作瀐。』」

［四一］明州本、金州本、毛鈔、錢鈔「瞶」字作「瞺」。余校、陳校、龐校、錢校同。方校：「案：『瞺』譌『瞶』，據宋本及《類篇》正。」姚校：「宋本『瞶』作『瞺』。韓校同。」

［四二］方校：「案：『烦』譌『烦』，據《廣雅・釋詁三》正。『灸爛』譌『灸灡』，據《考工記・弓人》注正。」按：明州本、錢鈔注「烦」字正作「烦」。錢校同。

［四三］明州本、錢鈔注「𧍒」字作「蜼」。龐校：「誤。」

［四四］陸校「堛」作「煏」。

［四五］明州本、毛鈔、錢鈔注「處」字作「蚩」。陸校、龐校、錢校同。方校：「案：『蚩』譌『處』，據宋本及《類篇》、《韻會》正。」姚校：「宋本『處』作『蚩』。影宋、韓校同。」按：「處」、「蚩」同聲。似不必改爲「蚩」。

［四六］本書《紙韻》去倚切「裿」字注：「《博雅》：『襌襦謂之襜裿。』」王念孫《廣雅·釋器》疏證：「《集韻》《類篇》引《廣雅》『襌襦謂之襜裿』，連下文『裿』字爲句，失之。」

［四七］明州本、毛鈔、錢鈔注「幨」字作「襜」。龐校、錢校同。姚校：「宋本作『襜』。韓校同。」又明州本、金州本、毛鈔、錢鈔注「常」字作「裳」。段校、陳校、錢校同。姚校：「宋本作『裳』。韓校同。」方校：「案：車幨之『幨』，宋本作『襜』，誤。又宋本及《類篇》『常』皆作『裳』。《說文》無『裳』字，作『常』爲古。『潼』亦作『幢』。《周禮》釋文亦作『潼』，《詩》注作『童』，音義竝同。」

［四八］方校：「案：『娎』譌『婜』，據《說文》正。喜笑之『喜』，《類篇》同。《說文》作『善』。」按：明州本、潭州本、金州本、錢鈔注「婜」字正作「娎」。陳校、錢校同。

［四九］方校：「案：『疳』，籀文从皮作『𤺊』，隸當作『痕』。」按：金州本注作「痕」。明州本、毛鈔、錢鈔注作「痕」。段校、龐校、錢校同。姚校：「宋本『痕』作『痕』。影宋、韓校同。」

［五〇］明州本、毛鈔、錢鈔注「蝦」字作「蝦」。龐校、錢校同。

［五一］明州本、潭州本、金州本、毛鈔、錢鈔注「峰」字作「峯」。龐校、錢校同。姚校：「宋本『峰』作『峯』。韓校同。」

［五二］方校：「案：『豐』譌『曾』，據《類篇》正。汪氏云：『《左·襄二十三年》釋文：豐點，徐之廉反。』」某氏校：「汪云：《字典》引《集韻》作『豐點』。」按：明州本、錢鈔注「曾」字作「豐」。韓校、龐校、錢校同。姚校：「宋本『曾』作『豐』，誤。」按：「豐」字非誤。

［五三］方校：「案：『合』譌『爾』，《類篇》同。據卷五《中山經》正。《玉篇》引作『金谷』，亦誤。」

［五四］明州本、錢鈔注「蒼」字作「詹」。龐校同。按：潭州本、金州本、毛鈔作「蒼」。方校：「案：『蒼』，郭音瞻。」

［五五］明州本、毛鈔、錢鈔「棪」字作「棪」，注「突」字作「㚚」。龐校同。

［五六］明州本、毛鈔、錢鈔注「也」字作「言」。顧校、陸校、龐校、錢校同。方校：「案：『言』譌『也』，據宋本及《類篇》正。」姚校：「宋本『也』作『言』，是。影宋、韓校皆同。」

［五七］明州本、錢鈔注「古」字作「占」。錢校同。誤。按：潭州本、金州本、毛鈔作「古」。

［五八］明州本注「秝」作「𣏟」，錢鈔作「𣏟」。陸校作「𣏟」。龐校、錢校同。方校：「案：『𣏟』譌『秝』，據《說文》正。」姚校：「宋本並作『𣏟』。」

［五九］明州本、錢鈔注上「詌」字作「詽」，姚校、錢校同。誤。潭州本、金州本、毛鈔作「詌」。

［六〇］明州本、錢鈔注「浪」字作「狼」。錢校同。誤。按：潭州本、金州本、毛鈔作「浪」。《漢書·地理志》樂浪郡有詌邯縣。顏注：「孟康曰：『詌音男。』師古曰：『詌音乃甘反。』」

［六一］明州本、毛鈔、錢鈔注「㓞」字作「㓞」。汪校、陳校、龐校、錢校同。方校：「案：『㓞』譌『㓞』，據宋本及《廣雅·釋器上》正。」姚校：「宋本『㓞』作『㓞』，是。」

［六二］明州本、錢鈔「𪖐」字作「𪖐」。錢校同。段校作「𪖐」。姚校：「宋本『𪖐』字作『𪖐』。」

［六三］明州本、潭州本、金州本、毛鈔、錢鈔注「橤」字作「橤」。錢校同。

［六四］明州本、錢鈔注「衮」字作「采」。龐校、錢校同。姚校：「宋本『衮』作『采』。」按：作「采」誤。潭州本、金州本、毛鈔作「衮」。戚衮音見《周禮·春官·典同》釋文。

［六五］陳校：「《廣韻》作『䶩』。」

［六六］明州本、錢鈔注「髫」作「髻」。龐校：「誤。」按：潭州本、金州本、毛鈔作「髫」。

［六七］明州本、潭州本、金州本、毛鈔、錢鈔注「銸」字作「鉔」。衛校、顧校、陳校、陸校、龐校、錢校同。方校：「案：『鉔』譌『銸』，據宋本及《說文》正。」姚校：「宋本『銸』作『鉔』，是。余校、韓校皆同。」按：姚氏《匯校》稿本至此止。

［六八］陳校：「『喜』，《說文》作『善』。」

［六九］方校：「案：『望』譌『朢』，據《類篇》正。」按：明州本、金州本、毛鈔、錢鈔注「朢」字正作「望」。余校、段校、韓校、陳

校、陸校、龐校、錢校同。

［七〇］明州本、毛鈔、錢鈔「兲」字作「兲」。顧校、陳校、陸校、龐校、錢校同。方校：「案：『兲』譌『兲』，據宋本及《説文》正。『熱』當从二徐本作『褻』。」

［七一］明州本、錢鈔「廉」字作「廉」。龐校、錢校同。

［七二］明州本、金州本、毛鈔、錢鈔「慊」字作「嗛」。韓校、顧校、陳校、龐校、錢校同。方校：「案：『嗛』譌从心，據宋本及《説文》正。《類篇・巾部》無『嗛』字。」

［七三］余校「籢」作「籢」。韓校、陳校、錢校同。方校：「案：『籢』譌『籢』，據《説文》正。」

［七四］明州本、金州本、毛鈔、錢鈔「覝」字作「覝」。顧校、陳校、陸校同。方校：「案：『覝』譌『覝』，據宋本及《説文》正。」

［七五］明州本、錢鈔注「潔」字作「潔」。錢校同。按：潭州本、金州本、毛鈔作「潔」，與《説文》合。

［七六］方校：「案：二徐本及《類篇》『輞』皆作『網』，段氏校本改『网』。」

［七七］方校：「案：『廒』譌从支，據《廣韻》及本文正。」按：顧氏重修本已改。

［七八］方校：「案：大徐本『礪』作『厲』，此與《類篇》竝从小徐。」

［七九］方校：「案：『蘞』譌『蘞』，《類篇》又譌『蘞』，據《廣韻》正。《類篇》『栝』作『括』，亦誤。《爾雅・釋艸》、《詩・七月》毛傳皆可證。」

［八〇］段校「水也」作「冰也」。陸校「水」作「冰」。方校：「案：潘岳《寡婦賦》：『水溓溓以微凝。』李善注引《説文》：『溓，薄冰也。』小徐本同。『冰』即古『凝』字。大徐本作『氷』，與此作『水』同誤。」

［八一］明州本、潭州本、毛鈔、錢鈔注「膁」字作「廉」。韓校、龐校、錢校同。段校：「宋本不从『月』。」方校：「案：宋本及《類篇》竝作『脛廉』。」按：金州本脱去上半。

［八二］明州本、錢鈔注「剌」字作「勃」。錢校同。誤。按：潭州本、金州本、毛鈔作「剌」。

［八三］方校：「案：《方言》一：『陳楚之郊，南楚之外相謁而餐曰鲇。』此奪四字。郭注：『晝飯爲餐。』盧氏校云：『舊本作飧，誤。』」

［八四］金州本注「膝」字作「膝」。錢校同。方校：「案：『厀』譌『膝』，據《類篇》正。」

［八五］方校：「案：『嶲』譌『嶲』，《類篇》同，據《説文》正。」

［八六］方校：「案：《廣雅・釋器下》『藍』作『蘫』，今據正。」

［八七］衛校「菹」作「菹」。

［八八］明州本、毛鈔、錢鈔「臨」字作「韽」。余校、韓校、陳校、龐校、錢校同。方校：「案：『韽』譌『臨』，據宋本及《類篇》正。」

［八九］明州本、錢鈔注「同」字作「曰」。錢校同。誤。按：潭州本、金州本、毛鈔並作「同」，與《山海經・西山經》合。

［九〇］明州本、錢鈔注「間」字作「門」。錢校同。誤。按：潭州本、金州本、毛鈔並作「間」。

［九一］明州本、潭州本、金州本、毛鈔、錢鈔「銙」字作「鋝」。韓校、陳校、龐校、錢校同。方校：「案：『鋝』誤加點，據宋本、《廣韻》、《類篇》正。『鑿』當作『鑿』。」

［九二］汪校作「檶」。

［九三］余校「儳」作「嶘」。

［九四］陳校：「『拈』，《説文》作『拑』。」方校：「案：《説文》：『拈，掫也。』此訓脅持，乃『拑』字之譌。『或从攵』當云『或作敜』。《韻會》不誤。」

［九五］明州本、毛鈔、錢鈔注「甾」字作「甾」。錢校同。

［九六］明州本、毛鈔、錢鈔注「刼」字作「劫」。顧校、龐校、錢校同。方校：「案：『劫』譌从刃，據《説文》正。」

［九七］方校：「案：『相』譌从吕，據大徐本及《類篇》正。小徐本作『相』。」按：明州本、毛鈔、錢鈔注「相」字正作「相」。韓校、陳校、陸校、龐校、錢校同。

［九八］明州本、潭州本、金州本、毛鈔、錢鈔注「祿」字作「祿」。錢校同。

［九九］明州本注「布」字作「市」。韓校、錢校同。方校：「案：《類篇》同。宋本『布』作『市』，誤。」按：潭州本、金州本、毛鈔、錢鈔作「布」。

［一〇〇］方校：「案：大徐本及《類篇》同，小徐本及《韻會》『黎』作『黧』。段氏校从大徐。」

［一〇一］明州本、錢鈔注「黬」字作「黺」。錢校同。誤。按：潭州本、金州本、毛鈔作「黬」。

［一〇二］方校：「案：『砈』譌『砈』，據《玉篇》正。《廣韻》作『砈』，尤非。」

［一〇三］方校：「案：《楚辭・招魂》『楓』叶上『淹』、『漸』，故有砭音。」

［一〇四］方校：「汪氏云：『《左氏・昭十三年》釋文：猈，又扶瞻反。與此有並、奉之别。』」又明州本、錢鈔「猈」字作「狎」。錢校同。誤。按：潭州本、金州本、毛鈔作「猈」。

［一〇五］明州本、錢鈔「猈」字作「捭」。錢校同。誤。按：潭州本、金州本、毛鈔作「猈」。

［一〇六］明州本、毛鈔、錢鈔注「栝」字作「桰」。段校、韓校、陳校、陸校、龐校、錢校同。方校：「案：『桰』譌『栝』，據宋本及《方言》五正。」

［一〇七］方校：「案：《説文》注無『娗』字，亦讀連篆文之一證。」某氏校：「案：《説文》作『善』，段校本同。《類篇》『喜皃』不引《説文》。」

［一〇八］明州本、錢鈔「薟」字作「莶」。錢校同。非。潭州本、金州本、毛鈔作「薟」。

二十五沾

［一］方校：「案：《廣韻》以『添』字居首部，右『天』下从心不从水。」潭州本、金州本、毛鈔「添」字作「添」，明州本、錢鈔作「添」。余校从「忝」者並改从「忝」。顧校、陳校、龐校、錢校同。

［二］明州本、毛鈔、錢鈔「緑」字作「綠」，爲「綠」字之誤。顧校、陳校同。

［三］方校：「案：字書無『㓻』，當作『劙』。」

［四］明州本、潭州本、金州本、毛鈔、錢鈔注「拏」字作「拏」。韓校、龐校、錢校同。方校：「案：《方言》十一及《類篇》同。宋本『拏』作『拏』，誤。」

［五］明州本、錢鈔注「佢」字作「但」。錢校同。按：潭州本、金州本、毛鈔作「佢」。與《玉篇・人部》、《廣韻》注同。

［六］方校：「案：《方言》四『袩』，郭音丁俠反。」

［七］《方言》第四：「褙謂之袩。」郭注：「未詳其義。」又：「褸謂之袩。」郭注：「即衣衽也。」

［八］明州本、潭州本、金州本、毛鈔、錢鈔「貼」字作「貼」。錢校同。與《方言》第十合。

［九］余校从「阜」俱作「鼻」。

［一〇］方校：「案：《説文》『甜』作『甛』，从口舌之『舌』，不从舌塞之『舌』舌音括。俗多牽混。『餂』古文『甛』字，見《玉篇》。」

［一一］段校、陸校「餂」字作「飴」。

［一二］方校：「案：『恬』譌『怗』，據《説文》及《類篇》正。」按：明州本、潭州本、金州本、毛鈔、錢鈔「怗」字正作「恬」。顧校、陳校、馬校、龐校、錢校同。某氏校：「汪云：『《説文》作恬，从甛省聲。段改爲悃，从因聲。以丁氏所據爲是。』」

［一三］明州本、潭州本、金州本、毛鈔、錢鈔「賺」字作「賺」，注「貼」字作「貼」。韓校、陳校、陸校、龐校、錢校同。方校：「案：『賺』、『貼』竝譌从目，據宋本及《類篇》正。」

［一四］馬校：「『小』當作『少』。」

［一五］明州本、潭州本、金州本、錢鈔「疎」字作「踈」。

［一六］方校：「案：《廣雅・釋訓》奞，王氏補於『黔黔』下。又『䵘，香也』，見《釋器下》。」

［一七］陳校「也」字作「色」。蓋據《廣韻》。《玉篇・黄部》亦作「赤黄色」。

［一八］明州本、毛鈔、錢鈔此字并注在「䨿」下「瘱」上。韓校、龐校、錢校同。方校：「案：宋本在『䨿』下『瘱』上。」

［一九］方校：「案：『煤』譌『燥』，《類篇》同。據《説文》正。《説文》『輞』作『網』，段氏校本改『网』。」

［二〇］明州本、金州本、毛鈔、錢鈔注「井」作「并」。余校、韓校、陳校、龐校、錢校同。方校：「案：『并』譌『井』，據宋本及《説文》正。」

［二一］余校「也」作「名」。方校：「案：大徐本作『魚名』，小徐本作『鰱也』。《類篇》引與此同。」

［二二］方校：「案：『穛』譌从木，據《廣韻》、《類篇》正。」按：明州本、錢鈔「樵」字正作「穛」。錢校同。

二十六嚴

［一］丁校：「《廣韻》作《二十八嚴》。」方校：「案：《廣韻・二十八嚴》。」

［二］方校：「案：《説文》古體作『嚴』，从又不从攴。」

［三］陳校从「弋」。陸校作「雒」。方校：「案：『雒』譌从戈，據《説文》正。」

［四］明州本、毛鈔、錢鈔「簪」字作「簮」。韓校、錢校同。

［五］明州本、毛鈔、錢鈔「轗」字作「轗」。韓校、龐校同。方校：「案：『轗』譌『輪』，據宋本及《廣雅・釋器上》正。」

［六］陳校：「『櫙』作『檶』。」按：明州本、錢鈔注「櫙」字正作「檶」。錢校同。

［七］方校：「案：『蔹』譌从殳，據《廣韻》正。」

［八］余校「斂」字作「斂」。

［九］明州本、金州本、毛鈔、錢鈔「擅」字作「櫃」，从木。韓校、龐校、錢校同。方校：「案：『櫃』譌从手，據宋本及《類篇》正。」按：本韻虚嚴切「庅」注正作「櫃」。

［一〇］明州本、毛鈔、錢鈔此字併注在「腌」下「剣」上。韓校、陸校、龐校同。方校：「案：宋本在『腌』下『剣』上。」

［一一］按：《玉篇・言部》：「詗，直嚴切，言利美也。」《廣韻・鹽韻》直廉切、本書《鹽韻》持廉切、《類篇・言部》均作「言利美也」。此「美利」二字互乙，當正。

［一二］方校：「案：『氾』譌『氾』，據《廣韻》正。後符咸、甫凡二音同。」按：明州本、毛鈔、錢鈔「氾」字正作「氾」。韓校、顧校、陳校、陸校、龐校、錢校同。

二十七咸

［一］丁校：「《廣韻》作《二十六咸》。」方校：「案：《廣韻・二十六咸》。」

［二］余校作「戌」。丁校：「『戌』當作『戌』，中从一，與人荷戈之『戌』異，俗多混者。」

［三］明州本、毛鈔、錢鈔注「丕」字作「不」。段校、韓校、錢校同。

［四］明州本、毛鈔、錢鈔「函」字作「圅」。顧校、龐校、錢校同。

［五］韓校从「木」。方校：「案：《類篇》『匵』作『匵』，義同。或體『楇』譌从手，亦據《類篇》正。」

［六］方校：「案：『藍』譌『藍』，據《釋艸》及郭注正。」按：明州本、金州本、毛鈔、錢鈔注「藍」字作「藍」。韓校、陳校、龐校、錢校同。

［七］明州本、錢鈔「持」字作「捺」，誤。潭州本、金州本、毛鈔作「持」，與《類篇・齒部》同，不誤。

［八］明州本、潭州本、金州本、毛鈔、錢鈔注「簙」字作「薄」。韓校、龐校、錢校同。方校：「案：『薄』譌从竹，據宋本及《類篇》正。」

［九］余校「羊」字作「鹿」。

［一〇］方校：「案：『烏啄』譌『烏啄』，據《廣韻》、《類篇》正。」按：明州本、潭州本、金州本、毛鈔、錢鈔注「烏」字正作「烏」。韓校、陳校、龐校、錢校同。

［一一］《類篇·頁部》作「顲顡，醜皃」。與《鹽韻》牛廉切注同。上「顡」字疑當作「顲」。

［一二］方校：「案：字隸《欠部》，當作『欿』。」

［一三］段校「監」字作「堅」。陳校、陸校同。方校：「案：『監』，二徐本及《類篇》同。段氏據《篇》、《韻》改『堅』。」

［一四］明州本、潭州本、金州本、毛鈔、錢鈔注「塹」字作「塹」。陳校、龐校、錢校同。方校：「案：『塹』譌从勤，據《說文》正。」

［一五］余校「𨗨」作「𨗨」。

［一六］方校：「案：『晢』下从白不从日。此譌『晢』，據大徐本正。『字晢』，《廣韻》引同。《玉篇》『晢』上有『子』字。似無者爲是。」

［一七］毛鈔注「匠」字作「底」。段校、韓校、錢校同。方校：「案：『匠』當从宋本及《莊子·庚桑楚》釋文改『底』。底，下也。《類篇》作柔石之『厎』，非。」

［一八］毛鈔注「定」字作「窆」。余校、段校、韓校。陸校、龐校、錢校同。丁校據《禮·喪大記》改「定」作「窆」。方校：「案：『窆』譌『定』，據宋本正。」按：潭州本、金州本、明州本、錢鈔注作「乏」。

［一九］陳校：「《廣韻》音金，淺黄色。」方校：「案：『黚』譌『黚』，據《說文》正。」

［二〇］《廣韻》注「色」字作「也」。

［二一］陳校：「揞，《博雅》藏也。」方校：「案：此見《方言》六，注『滅』字各本同，戴氏東原依《廣雅·釋詁四》及《篇》、《韻》校改『藏』。」

［二二］方校：「案：暫碞之『碞』，各本譌『嵒』，當據此及《類篇》正。」

［二三］陳校：「《廣韻》作『虦』。」方校：「汪氏云：『雄疑熊之誤。《爾雅·釋獸》：熊虎醜，其子狗，絶有力麙。虥、麙字同。』珪案：釋文『麙』異文止作『㺒』。」

［二四］陳校：「『麙』同『虦』。《爾雅》从鹿，釋文或作『㺒』。」

［二五］錢鈔「牝」字作「肚」，誤。龐校作「壯」。韓校、錢校同。方校：「案：《類篇》『牝』作『牡』。」

［二六］明州本、潭州本、金州本、錢鈔注「差」字作「羗」。龐校同。毛鈔作「美」。余校、韓校、陸校同。方校：「嚴氏云：『差，宋本作美，非。』」按：此爲段校。段云：「《二十八銜》内作『差』，則宋本作『美』非也。」

［二七］某氏校引嚴云：「㹇不得有師咸切。」按：此亦段氏校語。

［二八］方校：「汪氏云：『釋文所監反。《銜韻》師銜切無㹇字。』」

［二九］潭州本、金州本注「播」字作「播」。

［三〇］明州本、毛鈔、錢鈔「雪」字作「雭」，注同。韓校、顧校、錢校同。方校：「案：『雭』譌『雪』，據宋本及《廣韻》正。」

［三一］按：「毚」字當作「毚」，有點。

［三二］明州本、毛鈔、錢鈔注「玄」字作「互」。余校、段校、陳校、丁校作「互」。方校：「案：『互』譌『玄』，據宋本及《說文》正。」

［三三］方校：「案：《廣雅·釋獸》：『鼸鼣，鼠屬。』此注云云乃丁氏等釋詞，非張揖原文，亦非曹憲注語，不得標《博雅》名目。」

［三四］方校：「案：『艦』譌『艦』，據《類篇》正。」按：明州本、毛鈔、錢鈔注「艦」字正作「艦」。韓校、陳校、龐校、錢校同。潭州本、金州本作「艦」。

［三五］方校：「案：『謙』譌『謔』，據《方言》十正。」

［三六］《廣韻》「物」下有「也」字。

［三七］明州本、毛鈔、錢鈔「荾」字作「荾」，注「士」字作「亡」。顧校、陳校、陸校、龐校、錢校同。方校：「案：宋本作『荾』，非。『士』，當从宋本及《類篇》作『亡』。」

[三八]　明州本、潭州本、金州本、毛鈔、錢鈔注「牛」字作「才」。韓校、顧校、陸校、錢校同。

[三九]　按：《類篇·心部》「不」上有「意」字。《鹽韻》丘廉切、《賺韻》口減切「慊」字注「不」上均有「意」字，當據補。

[四〇]　段校「尖」作「尖」。

[四一]　方校：「案：『文』下奪『二』字，據宋本補。」按：顧氏重修本已補。

二十八銜

[一]　丁校：「《廣韻》作《二十七銜》。」方校同。

[二]　明州本、金州本、毛鈔、錢鈔注「曰」字作「口」。余校、汪校、韓校、陳校、龐校、錢校同。方校：「案：『口』譌『曰』，據宋本及《説文》正。」

[三]　按：下丘銜切有「茅屬」二字，方氏校據《類篇》改。

[四]　方校：「案：『茅』譌『菜』，據《類篇》正。」按：明州本、錢鈔「菜」字正作「茅」。龐校、錢校同。

[五]　明州本、潭州本、金州本、毛鈔、錢鈔注「思」字作「魚」。陳校、馬校同。

[六]　段校：「『轂』當是从芟。」陸校同。方校：「案：《類篇》同。《玉篇》『轂』作『韍』。」

[七]　陳校：「『樧』、『䊢』、『杉』三字《廣韻》入《咸韻》所咸切。」方校：「案：此係新坿字。」

[八]　明州本、毛鈔、錢鈔「菽」字作「菽」。韓校、龐校、錢校同。陳校：「『秡』从禾。」方校：「案：《類篇》『秡』入《禾部》，此譌『菽』，宋本作『菽』，尤非。」按：潭州本、金州本从禾。

[九]　方校：「案：『木』譌『禾』，據《説文》、《類篇》正。」按：明州本、潭州本、金州本、毛鈔、錢鈔注「禾」字正作「木」。陳校、錢校同。

[一〇]　方校：「案：《類篇》作『毚兔』。今攷《史記·天官書》『兔過太白』，索隱云：『《廣雅》：辰星謂之兔星。兔或作毚。』王校《廣雅·釋天》亦作『兔』，今仍之。」

[一一]　明州本、潭州本、金州本、毛鈔、錢鈔注「礹」字作「礹」。陳校、陸校、龐校、錢校同。方校：「案：『礹』譌『礹』，據宋本及《説文》正。」

[一二]　陳校：「『㺒』，《廣韻》入鉏銜切。」

[一三]　明州本、潭州本、金州本、毛鈔、錢鈔「頫」字作「頫」。韓校、陳校、龐校、錢校同。方校：「案：宋本及《莊子·田子方篇》『頫』作『頫』。據《説文》當作『顩』。」

[一四]　「㷼」，陸校作「𡘕」，注同。

二十九凡

[一]　明州本、毛鈔、錢鈔注「栝」字作「括」。陳校、陸校、龐校、錢校同。馬校：「『括』，局誤『栝』。」「了」，余校、韓校、陳校作「弖」。方校：「案：宋本及《類篇》『栝』作『括』，與《説文》合。大徐本『了』作『弓』，亦誤。當从小徐本、宋本作『弖』。江氏沅謂右旁作『弖』，古文『及』之省，『𠃌』乃『二』之形，以上筆引長配右也。珪案：此从『二』而一縱一横之，不必改从江説。」

[二]　方校：「案：《廣雅·釋器上》『温』作『温』，今據正。『眨』當从《類篇》作『眨』。」按：明州本、毛鈔、錢鈔「眨」字正作「眨」。

[三]　陸校注「汎」字作「帆」。

[四]　明州本、毛鈔、錢鈔注「木桴」作「水桴」。韓校、陳校、陸校、龐校、錢校同。方校：「案：《玉篇》『此』作『北』，誤。木桴

之『木』，宋本及《玉篇》、《類篇》竝作『水』，今據正。」

［五］陳校：「『風』作『颩』，見《五音集韻》。」

［六］陳校：「『敆』，《廣韻》入《嚴韻》丘嚴切。」

［七］方校：「案：『敆敍』竝譌从支，據《類篇》正。」

［八］陳校：「『欦』，《廣韻》作『欲，匹凡切。多智慧也』。」

［九］明州本、錢鈔注「于」字作「千」，誤。潭州本、金州本、毛鈔作「于」。